박혜옥
이병은

3호 **주소** 03736 서울특별시 서대문구 경기대로 58 경기빌딩 602호
팩스 02-720-4579
gpub.co.kr **홈페이지** http://www.sechangpub.co.kr
.com/scpc1992 **페이스북** fb.me/Sechangofficial **인스타그램** @sechang_official

5586-828-9 03840

024

셰익스피어, 사랑에 대하여

초판 1쇄 인쇄 2024년 8월 2일
초판 1쇄 발행 2024년 8월 16일

–

지은이 윌리엄 셰익스피어
엮은이 울리히 베어
옮긴이 최성희
펴낸이 이방원
책임편집 정조연
마케팅 최성수 · 김 준

책임디자인
경영지원

–

펴낸곳 세창미디어
신고번호 제2013-0000
전화 02-723-8660
이메일 edit@secha
블로그 blog.nave

–

ISBN 978-89-

이 책

울리히 베어 엮음
최성희 옮김

윌리엄 셰익스피어 지음

셰익스피어, 사랑에 대하여

세창미디어 MEDIA

Shakespeare on Love

차례

1장

사랑에 대하여

음악이 사랑의 양식이라면, 계속 연주해 주세요.

열두 번째 밤, 1.1

현명한 남자라면, 사랑에 빠질 수 없죠.

트로일러스와 크레시다, 3.2

소네트 18

그대를 여름날에 견주면 어떨까요?
그대가 더 곱고 더 따스하네요.
거친 바람은 5월의 고운 꽃망울을 흔들고,
우리에게 주어진 여름은 짧기만 해요.
때로는 태양이 너무 뜨겁게 내리쬐고,
그 금빛 얼굴이 흐려지기도 하죠.
세상의 모든 아름다움은 언젠가 시들고,
우연이나 자연의 이치로 아름다웠던 모습이 색을 잃지만,
그대의 여름은 영원히 저물지 않고,
그대가 지닌 아름다움도 영원할 거에요.
죽음도 그대를 어둠 속에서 헤매이게 두지 못할 거에요.
이 영원한 시 속에서 그대는 영원히 살 거에요.
사람들이 숨 쉬고 볼 수 있는 한,
이 시는 오래 살아남아 그대에게 생명을 줄 거에요.

헬레나: 하늘의 힘에 맡길 일도 사람이 해결하는 경우가 있지. 운명을 좌우하는 하늘도 사람에게 그만한 자유는 주었어. 만사에 느리고 뒷걸음질하는 것은 우리 자신이 우둔하기 때문이야.

도대체 무슨 힘 때문에 나는 이처럼 엄청난 사랑에 빠졌을까? 사랑을 품어 봤자, 닿을 수 없는 높은 곳에 있는 걸. 하지만 아무리 신분 차이가 있다고 해도, 자연 덕분에 비슷한 사람을 좋아하고 입 맞출 수 있지.

사람이 어려운 일을 할 때 일일이 그 결과를 미리 고려하고 변화를 두려워한다면, 일을 대담하게 벌이는 건 불가능해. 실연을 하고서도 자기 장점을 보이려고 노력한 여자가 있을까마는.

왕의 병환… 내 계획이 빗나갈지도 모르지만, 나는 마음을 굳게 먹었으니 이 결심을 결코 버리지 않을 거야.

끝이 좋으면 모두 좋다, 1.1

소년: (노래한다)

아, 가져가세요.

그리도 달콤하게 거짓으로 맹세하는 그 입술은 가져가세요.

그리고 여명 같은 그 두 눈동자도 가져가세요.

아침이 태양으로 오인할 수도 있겠네요.

하지만 제 키스는 돌려주세요. 돌려주세요.

헛되이 찍힌, 헛되이 찍힌,

사랑의 인장을 돌려주세요.

자에는 자로, 4.1

그의 멋진 모습을 보세요. 그녀는 사랑할 수밖에 없어요.
그녀는 자신의 영원히 아름다운 손에 걸고 맹세하네요.
그가 자신의 눈물 젖은 구애를 받아들일 때까지,
그의 부드러운 가슴에서 절대로 손을 떼지 않겠다고.
눈물이 장맛비처럼 주룩주룩 두 뺨을 온통 적셔도,
단 한 번만 키스해 준다면 그 헤아릴 수 없는 슬픔이 갚아질 텐데.

비너스와 아도니스, 79-84

그가 인상을 썼을 때, 그를 단념했더라면,
그녀는 그의 달콤한 입술의 꿀을 빨아들이지 않았으리.
가혹한 말과 찌푸림이 사랑을 내치지 못할 수도 있다네.
장미에 가시가 있다 해도, 결국엔 꺾였구나.
아름다운 사람을 자물쇠 스무 개로 단단히 가두어도,
사랑은 자물쇠를 부수고 들어가 결국은 모두 차지하네.

비너스와 아도니스, 571-576

남자들은 죽어서 구더기에게 먹히기도 했지만,
사랑 때문에 죽은 적은 없어요.

뜻대로 하세요, 4.1

사랑은 식혀야 하는 석탄 같은 거야.

그냥 놓아두면 심장을 태워 버리니까.

바다에는 한계가 있지만, 욕망의 깊이는 끝이 없어.

그러니 너의 말이 암말에게 가 버린 건 당연해.

비너스와 아도니스, 386-390

시동들: (노래한다)

총각하고 처녀하고,
이야 이야 호,
결혼하기 딱 좋은 봄날에,
푸른 옥수수밭을 지나고 있었네.
새들도 노래하네, 딩가 딩가 딩.
사랑스런 연인들은 봄을 좋아해.

호밀밭 고랑 사이에,
이야 이야 호,
결혼하기 딱 좋은 봄날에,
어여쁜 시골 남녀들 몸을 눕히지.
새들도 노래하네, 딩가 딩가 딩.
사랑스런 연인들은 봄을 좋아해.

▷▷

그때 그들은 이 노래를 불렀지.
이야 이야 호,
결혼하기 딱 좋은 봄날에,
인생은 한낱 꽃과 같다고.
새들도 노래하네, 딩가 딩가 딩.
사랑스런 연인들은 봄을 좋아해.

그러니 현재를 즐겨야 해.
이야 이야 호,
결혼하기 딱 좋은 봄날에,
사랑이 한창 무르익네.
새들도 노래하네, 딩가 딩가 딩.
사랑스런 연인들은 봄을 좋아해.

뜻대로 하세요, 5.3

소네트 29

세상 사람들과 운명에게서 천대받아,
나 홀로 버림받은 처지를 슬퍼하고,
귀먹은 하늘에 부질없이 아우성치며,
나 자신을 돌아보고 내 형편을 저주해요.
희망 많기로는 저 사람,
용모가 아름답기로는 저 사람,
친구 많기로는 그 사람 같기를.
이 사람의 재주를, 저 사람의 권력을 부러워하며,
내가 가진 것에는 만족하지 못하죠.
그런데 이렇게 자신을 경멸하다가도,
문득 그대를 생각하면 나는,
(새벽녘, 적막한 땅에서 날아올라) 천국의 문 앞에서 노래하는 종달새 같죠.
그대의 감미로운 사랑을 떠올리면 너무도 풍요로워져,
내 처지를 어떤 왕들과도 바꾸지 않을 거에요.

사랑은 아무리 밀어붙여도, 싫은 사람에게는 가지 않아요.

베로나의 두 신사, 5.2

태세우스: 이 얘기는 너무 이상해서 말도 안 되오. 난 절대 이런 옛 전설이나 요정의 장난은 못 믿겠소.

연인들이나 미친 사람들은 머릿속이 들끓고, 환상을 만들어 내어, 냉정한 이성으로 가늠할 수 없는 것을 생각한단 말이오. 미친 사람이나 연인이나 시인은 오로지 상상으로 가득 찬 인물들이오.

미친 사람은 거대한 지옥에서보다 더 많은 악마를 보고, 연인들도 미쳤기는 마찬가지여서, 집시의 얼굴에서도 헬레나 같은 아름다움을 발견하며, 번뜩이는 시인의 눈은 광기에 사로잡혀 천상에서 대지를, 대지에서 천상을 훑어보면서 상상의 나래를 펼쳐서, 미지의 대상들을 만들어 내오. 그리고 펜으로 그것들을 묘사하고 보이지도 않는 것들에게 있을 곳과 이름을 마련해 준다오.

강력한 상상력은 속임수가 뛰어나서, 그 어떤 기쁨을 느끼고자 하면 기쁨을 가져다줄 것을 생각해 내며, 또는 어두운 밤에 공포를 느끼고자 하면 덤불을 보고도 무

▷▷

서운 곰으로 여길 수 있소.

한여름 밤의 꿈, 5.1

광대: (노래한다)

아, 사랑하는 그대, 어디 가세요?
아, 가만히 들어 줘요! 진실한 사랑이
감미롭게 노래 불러요.
멀리 떠나지 마요, 사랑하는 그대.
여행의 끝에서 연인들은 만날 거에요.
모두가 아는 일이죠.

…

광대: (노래한다)

사랑이란 무엇일까요? 내일의 일은 아니죠.
오늘을 즐기고 오늘을 기뻐해요.
내일의 일은 여전히 아무도 몰라요.
내일을 기다린들 무슨 소용이 있을까요.
그러니 와서 키스해 줘요, 어여쁜 그대.

▷▷

젊음은 오래가지 않으니까요.

열두 번째 밤, 2.3

소네트 116

진실한 마음들의 결혼을
방해하는 건 허용하지 않겠어요.
세상이 바뀐다고 사랑도 바뀌거나,
그가 변심했다고 내 맘도 변하는 건 사랑이 아니에요.
그럼요, 아니죠! 사랑은 폭풍이 불어도 흔들리지 않는,
영원히 변치 않는 표식이에요.
사랑은 헤매이는 배들을 인도하는 북극성이에요.
그 높이는 잴 수 있어도 그 가치는 헤아릴 수 없죠.
장밋빛 입술과 뺨이 세월에 따라 늙어 가도,
사랑은 세월에 농락되지 않아요.
사랑은 시간이 가도 변하지 않고,
세상 마지막까지 견디는 것이죠.
만일 이런 생각이 틀린 것으로 증명된다면,
나는 결단코 글을 쓴적도, 누구를 사랑한 적도 없어요.

로잘린드: 그 사람들은 만나자마자 눈길을 주고받았고, 눈길을 주고받자마자 사랑에 빠졌고, 사랑에 빠지자마자 한숨을 쉬게 되었죠.
한숨을 쉬자마자 그 이유를 묻게 되었고, 이유를 묻자마자 해결 방법을 알아냈어요.
이런 식으로 결혼으로 오르는 계단을 만들고, 당장에라도 뛰어오를 기세에요.
그렇지 않으면 결혼 전에 일을 저지르고 말겠죠.

뜻대로 하세요, 5.2

베로네: 그러나 여인의 눈을 보고 처음으로 깨달은 사랑은 머릿속에 갇혀 있지 않고, 질풍처럼 온몸 구석구석을 치달아, 요소요소에 힘을 두배로 만들어, 원래의 기능이나 역할 이상을 하는구나.

사랑하면 시력이 더 나아져서, 그 바라보는 눈초리가 독수리의 예리한 눈도 멀게 하네. 사랑에 빠진 사람의 귀는 너무도 밝아서, 도둑이 조심조심 귀를 기울여도 듣지 못하는 낮은 소리도 놓치지 않는구나.

사랑의 감각은 너무나 부드럽고 예민해서, 달팽이의 부드러운 뿔보다 더 민감하네. 사랑의 미각은 너무나 좋아서, 바쿠스의 미각보다 훨씬 우월하지.

사랑의 용맹함은 마치 헤라클레스가 헤스페리데스의 정원에서, 끝없이 나무 위로 오르는 것과 같지 않을까.

사랑은 스핑크스처럼 오묘하고, 아폴로의 머리칼로 엮은 리라 소리 같이 감미로워, 사랑이 입을 열면, 천상의 신들이 모두 소리 맞춰 합창하여, 온 하늘 전체가 황홀

▷▷

해진다고 하지.

사랑의 한숨으로 잉크가 묽어지기 전에는, 어떤 시인도 감히 펜을 들지 못한다 하네. 아! 시인의 시구는 야만인도 황홀하게 할 것이며, 폭군의 마음도 누그러뜨리고야 말 것이니.

나는 여인의 눈에서 이런 원리를 배웠네.

그 눈 속에는 자유분방한 불꽃이 여전히 타오르며, 그 눈은 책이요, 학문이요, 학문의 전당. 그것은 이 세상을 드러내어 보여 주고, 포용하고, 양육하지.

사랑은 세상에서 가장 훌륭한 것이네.

여인들을 멀리할 맹세를 하다니. 당신들은 정말 바보.

그 맹세를 지킨다면 더 어리석은 바보가 되고 말 거야.

남성들이 모두 좋아하는 말인 지혜를 위해서라도, 또는 모든 남자를 즐겁게 하는 사랑을 위해서라도, 또는 여성들을 회임시킨 남성들을 위해서라도, 우리 남성들을 남자로 만든 여성들을 위해서라도, 우리의 맹세를 포기

▷▷

하고 우리 자신을 되찾도록 합시다. 그러지 않고 그 맹세를 지키려 한다면, 우리 자신을 잃고 말 겁니다.
이렇게 맹세를 깨뜨리는 건 종교에 부합합니다. 자비야말로 율법인데, 사랑과 자비를 누가 갈라놓을 수 있을까요?

사랑의 헛수고, 4.3

사랑은 낮은 소리로 속삭여야 한답니다.

헛소동, 2.1

사랑, 그것은 한숨에서 피어나는 한 줄기 연기.

로미오와 줄리엣, 1.1

소네트 130

내 연인의 눈은 태양처럼 빛나지 않아요.
입술은 산호처럼 붉지 않고요,
가슴은 눈처럼 희지 않고 거무죽죽하고,
머리칼은 금색이 아니라 검은 실 같죠.
나는 붉고도 흰 장미를 본 적이 있지만,
그런 장미들을 내 연인의 양 볼에서 본 적은 없어요.
그녀의 입김보다는,
향수 냄새가 훨씬 좋아요.
내 연인의 목소리를 사랑하지만,
그 목소리는 음악보다는 못하죠.
여신은 땅을 밟지 않고 걷는다는데,
내 연인은 항상 땅 위를 밟고 걸어요.
하지만, 결단코 나의 연인은,
거짓된 아침으로 비유되는 그 누구보다 고귀하죠.

실비아를 비춰 줄 수 없다면, 빛이 무슨 소용인가?
실비아와 나눌 수 없다면, 기쁨인들 무슨 소용인가?

베로나의 두 신사, 3.1

2장

사랑의 맹세

사랑한다면, 그리고 그 사랑에 충성을 다할 용기가 있다면,
어떻게 참을 수 있었겠소.

맥베스, 2.3

제 영혼의 소리에 귀 기울여 주세요.
당신을 본 바로 그 순간에, 저는 진정 당신에게 달려가 무슨 일이든 해 드리고 싶었어요.

템페스트, 3.1

소네트 136

제가 너무 다가온다고 그대의 영혼이 가로막거든,
그 눈먼 영혼에게 제가 그대의 '소망(Will)'이었다고 하세요.
그러면 영혼은 알아들을 거에요. 제가 그대에게 허락되었음을.
이렇게 애원하는 저의 사랑을 이루게 해 주세요.
제가 그대 사랑의 보고를 가득 채울게요.
그곳을 소망으로 많이 채우시되,
저도 그중 하나가 되게 해 주세요.
그대의 많은 소망 중에서 저는 분명 무시되겠죠.
그대가 가진 것들에 저도 포함되겠지만,
많은 소망을 셀 때는 저를 신경 쓰지 마세요.
그저 아무것도 아니라고 무시하더라도
그대에게는 사랑스러운 존재라 여겨 주세요.
저의 이름만이라도 항상 사랑해 주세요.
그러면 저는 그대에게 사랑받게 되죠. '소망'은 제 이름이니까요.

소네트 103

아, 제 뮤즈는 너무도 허접한 시를 짓고 있네요!
뮤즈가 당당히 솜씨를 발휘할 수 있는 그토록 멋진 주제,
제 시의 주제인 그대는 제가 찬사를 덧붙이는 것보다,
있는 그대로 존재함이 오히려 더 가치 있네요.
아! 제가 시를 더 쓸 수 없더라도, 비난하지 마세요.
거울을 보세요. 거울 속의 그대는 얼굴만으로도,
저의 서투른 창작을 압도하고,
저의 시구를 무색케 하고, 저를 부끄럽게 할 거에요.
그렇다면 훌륭했던 주제를 구태여 고쳐 보려다,
오히려 망쳐 버렸던 저의 지난 행동이 어찌 죄스럽지 않을까요.
저의 시는 그대의 우아함과 그대의 재능을,
노래하려고 쓴 것에 지나지 않거든요.
그러니 그대는 거울 속에서, 제 시에 묘사될 수 있는 것보다,
더욱더 많은 것을 보게 될 거에요.

내 부탁을 들어주기만 하면, 그 보답으로 달콤한 비밀을 천 가지 알려 줄게.
자, 여기 앉아, 뱀이 절대 얼씬도 않는 여기에 앉으면, 네게 숨 막히는 키스를 수천 번 할래.

비너스와 아도니스, 15-18

클레오파트라: 저를 정말 사랑한다면, 그 사랑이 얼마만큼인지 말해 보세요.

안토니: 가늠할 수 있는 사랑은 구걸과 같소.

클레오파트라: 얼마만큼 사랑을 받게 될지, 그 한도를 알고 싶어요.

안토니: 그걸 알려면, 아마 당신은 새로운 하늘, 새로운 땅을 찾아내야만 할 거요.

안토니와 클레오파트라, 1.1

사랑 때문에 맹세를 깨뜨린다면, 어떻게 사랑을 맹세할까요?
미인에게 맹세하지 않으면, 충실할 수도 없죠!
스스로에게 한 맹세는 깬다 해도, 그대에겐 충실할게요.
내겐 참나무처럼 굳세었던 의지가, 그대 앞에선 버들가지처럼 휘어지네요.

사랑의 헛수고, 4.2

소네트 23

무대에 오른 서투른 배우가,
겁에 질려 맡은 역할을 망치듯,
사나운 맹수가 격노한 나머지,
기운이 넘쳐나 심장이 억눌리듯,
저 역시 믿음에 대한 공포 때문에,
사랑의 의식에 바칠 온전한 찬사를 잊어버렸어요.
너무 무거운 사랑에 억눌려 그 힘을 잃어버렸어요.
아, 그러니 저의 시집이 대신해서,
제 가슴속의 말을 하게 할게요.
저의 시집은 사랑과 보답을 바라는 조용한 예언서에요.
능란하게 떠들어 대는 저 혀보다,
더 많은 것을 표현할 거에요.
아, 말없는 사랑이 쓴 시를 읽어 주세요.
눈으로 들을 수 있는 것이 지혜로운 사랑이에요.

소네트 85

나의 뮤즈는 하고 싶은 말들을 공손히 참고 있어요.
다른 뮤즈들은 그대를 예찬하는 갖가지 글을 쏟아 내고,
그대의 품위를 찬란하게 묘사하고,
대단한 글귀들을 다듬어 내네요.
그들이 멋진 말들을 쓸 때 나는 생각만 해요.
그리곤 무식한 목사처럼 '아멘'만 외치죠.
그들이 멋지게 찬미하는 말을 들을 때마다,
나는 그저 "맞아, 사실이지"라고 하죠.
그들의 찬사에 나는 다른 말을 더하려다가도,
그 말들은 단지 생각 속에 머물 뿐이에요.
하지만 그대를 향한 나의 사랑은
(말로 표현은 못 하지만) 그 누구보다 앞서 있어요.
다른 사람들은 말로 하는 표현을 중요시하지만,
나의 침묵은 말로 하는 표현만큼 중요하죠.

소네트 20

마치 여인처럼 나의 정열은 사로잡은 그대는,
얼굴이 어여쁘고 순수한 자연 그대로군요.
여인같이 마음이 고우면서도,
부정한 여인들과는 달리 변함이 없어요.
여인의 눈보다 황홀한 그대의 눈은 곁눈질하지 않고,
눈길 닿는 곳 어디든 금빛으로 빛나게 하며,
모든 색을 갖추어 자유자재로 표현하니,
남자들의 눈을 유혹하고 여인의 혼을 빼요.
그대는 애당초 여인으로 태어날 것을,
자연이 그대를 만들다 사랑을 느껴,
내겐 쓸모없는 물건을 하나 달아 두어서,
그대를 내게서 빼앗았죠.
그러나 자연은 여인들이 즐기라고 그대를 선택했으니,
나는 그대의 사랑만 가지고, 그 물건은 여인들의 보물로 둘게요.

올리비아: 잠시만요. 나를 어떻게 생각하는지 말해 봐요.

바이올라: 자신을 자신이 아니라고 생각하고 계신 것 같습니다.

올리비아: 내가 그렇게 생각한다면 당신 역시 그래요.

바이올라: 옳은 말씀입니다. 저는 보신 대로의 제가 아니니까요.

올리비아: 당신이 내 생각대로 되어 주신다면.

바이올라: 그것이 지금의 저인 것보다 낫겠습니까? 그럴지도 모르죠. 지금의 저는 아가씨의 광대에 지나지 않으니까요.

▷▷

올리비아: 아, 저 사람은 화내면서 경멸에 찬 말을 해도 아름답기만 하구나! 살인자의 죄는 바로 드러나지만, 사랑은 숨겨 두고 싶어도 빠르게 나타나니, 사랑하면 한밤중도 대낮이란 말인가. 세자리오, 봄날의 장미를 걸고, 처녀의 정절, 명예와 진실, 그리고 다른 모든 것에 걸어 맹세해요. 당신을 너무 사랑해요. 아무리 당신이 교만해도 이젠 지혜나 분별력으로 나의 정열을 감출 수 없어요. 내가 사랑하니까 당신은 사랑하지 않는다고 말하지 마세요. 그런 억지 논리 끌어내지 마시고 오히려 논리로써 논리를 엮으세요. 구애해서 얻는 사랑도 좋지만 그냥 얻는 사랑이 더 좋답니다.

바이올라: 저도 순수함과 젊음을 걸고 맹세합니다. 저는 단 하나의 마음, 하나의 가슴, 하나의 진실밖에는 없습니다. 그것을 어떤 여인에게도 고스란히 바칠 순 없습니다. 그것을 가질 사람은 오직 저 자신입니다. 그럼 안녕

▷▷

히 계십시오, 아가씨. 이제는 두 번 다시 주인님의 눈물을 호소하러 오지는 않겠습니다.

올리비아: 또 와 주세요. 지금은 싫어도 당신 얘기를 듣고 그분이 좋아질지도 모르니까요.

열두 번째 밤, 3.1

크레시다: 용기를 내서 이제 제 마음을 털어놓겠습니다. 트로일러스 왕자님, 오랜 밤 오랜 낮 동안 왕자님을 항상 사랑했습니다.

트로일러스: 어째서 진작 고백하지 않았어요?

크레시다: 너무 쉽게 고백하기 싫었습니다. 하지만 저는 왕자님을 처음 본 그 순간부터 사랑에 빠졌어요. 죄송해요. 제가 고백을 한다면, 왕자님이 폭군처럼 될까 봐 걱정했습니다. 사랑합니다. 그래도 조금 전까지는 사랑하는 마음을 참을 수 있었어요. 아뇨. 사실, 거짓말이에요. 제 마음은 어머니가 통제할 수 없이 날뛰는 아이 같았죠. 어머나, 바보 같으니! 내가 지금 뭐라고 하는 거야? 우리가 서로에게 솔직하지 못한다면, 누가 우리를 진심으로 대할까요? 하지만, 제가 왕자님을 사랑해도, 먼저 고백할 수는 없었죠. 그래서, 진정으로, 제가 남자였다

▷▷

면 하고 바랐어요. 아니면 먼저 고백할 수 있는 남자의 특권을 여자들도 가졌으면 했었죠. 어머나, 제 말 좀 막아 주세요. 너무 흥분해서 아무 말이나 해서 나중에 후회할 게 분명해요. 어머, 어머, 왕자님. 조용히 입 다물고 제 연약한 속마음을 교묘하게 캐내시네요. 제 입 좀 막아 주세요.

트로일러스: 그럴게요. 감미로운 음악 같은 소리였지만.

판다러스: 진짜 귀엽네.

크레시다: 왕자님, 제발, 용서해 주세요. 키스해 달라는 소리는 아니었어요. 아, 창피해. 세상에. 난 무슨 짓을 한 거야? 이제 그만 가야겠습니다. 왕자님.

트로일러스: 간다고요, 크레시다?

▷▷

판다러스: 간다고! 내일 아침에나 가야지….

크레시다: 정말로요. 가야겠습니다.

트로일러스: 왜 맘이 상했나요, 크레시다?

크레시다: 왕자님, 저 자신 때문에요.

트로일러스: 자기 자신을 피할 수는 없어요.

크레시다: 갈 수 있게 해 주세요. 저에게는 왕자님 곁에 머무르는 또 하나의 제가 있어요. 저 자신을 떠나서, 다른 사람의 장난감이 되는 저는 원래의 제가 아니에요. 가야겠어요. 난 무슨 생각을 하는 거야? 무슨 말을 하고 있는지도 모르겠네요.

▷▷

트로일러스: 그렇게 현명하게 말하고 있잖아요.

크레시다: 왕자님, 저는 사랑을 말하지 않고 재주를 부리고 있네요. 왕자님의 관심을 끌고 생각을 이해하려고 제 속마음을 모두 말씀드린 것 같아요. 하지만 왕자님은 현명하시므로 저를 사랑하지는 않아요. 현명한 남자라면, 사랑에 빠질 수 없죠. 그건 하늘의 신들만이 할 수 있죠.

트로일러스: 아, 난 여인은 그럴 수 있다고 생각했었어요. 당신은 그럴 수 있다고 봐요. 사랑의 등불과 불꽃을 영원히 타오르게 하고, 정절의 미덕이 아름다운 용모보다도 젊은 날의 맹세로 영원히 지켜질 뿐만 아니라, 비록 피는 늙어 가도 마음은 금방 새로워질 수 있다고요. 그리고 나 자신에게도 이렇게 설득하려고 했어요. 내가 당신에게 성실과 진실을 다해 주면, 당신도 그만큼 알맞게 가장 순수한 사랑으로 화답해 주리라고. 그렇게 생

▷▷

각하니 나는 얼마나 가슴 벅차겠어요! 그렇지만 아! 나는 너무나 고지식하게 진실하고, 너무나 단순하죠.

크레시다: 그 점은 저도 왕자님보다 뒤지지 않아요.

트로일러스: 아, 정말 멋진 경쟁이군요. 정의와 정의가 서로 누가 가장 정의로운지 경쟁하네요. 앞으로 이 세상 젊은이들이 사랑할 때는, 이 트로일러스의 이름을 들어, 사랑의 진실을 증명할 거에요. 그리고 그들이 사랑의 증언이나 맹세나 과장된 비유로 가득한 시를 쓸 때, 비유법을 찾고 사랑의 진실을 되풀이하는 데 지치고도, 진실하기가 강철처럼 강하다든가, 달의 영향을 받는 초목과 같다든가, 대낮의 태양과 같다든가, 다정한 거북이 같다든가, 자석에 끌리는 쇠붙이 같다든가, 지구의 중심으로 가는 관계 같다는 등…. 그렇게 진실에 대한 비유를 모조리 말한 다음에는, 진실하며 믿을 만한 저자

▷▷

가 인용할 수 있는 근거로써, '트로일러스처럼 진실하게' 라는 말로 매듭을 짓고, 그 시를 신성하게 할 거에요.

크레시다: 미래를 예측하시는 것 같네요! 제가 거짓되거나 조금이라도 진실을 왜곡한다면, 시간의 흐름이 망각될 정도로 아주 먼 훗날, 끊임없이 떨어지는 물방울이 트로이의 바위를 뚫고 도시들의 존재가 완전히 잊히고 거대한 나라들이 흔적 없이 먼지로 사라지고 난 후, 연애하는 거짓된 처녀들이 제 이야기를 기억해서 거짓에 더한 거짓이라 욕해도 좋아요! 그들이 저의 부정직함을 공기, 물, 바람, 모래언덕, 양을 노리는 여우, 어린 암송아지를 노리는 늑대, 암사슴을 쫓는 표범, 아들을 대하는 계모만큼 나쁘다고 하면서, '크레시다처럼 거짓되다'라고 비유해도 좋아요.

트로일러스와 크레시다, 3.2

소네트 106

흘러간 세월이 담긴 역사책에는,
아주 아름다운 사람들이 나오죠.
아름다운 시구들이 연달아서,
죽은 아가씨들, 멋진 기사들을 찬미하죠.
손, 발, 입술, 눈, 이마,
미인을 묘사하는 옛 구절들에서,
지금 당신의 아름다움을 발견할 수 있어요.
거기 기록된 찬사는,
모두 당신을 예시하고,
우리 시대를 예언한 것에 지나지 않죠.
그들은 짐작하는 눈으로 보았으므로,
당신의 진가를 충분히 노래하지 못했네요.
지금 당신을 직접 볼 수 있는 우리는,
경탄할 눈은 있어도, 찬미할 말이 부족하네요.

만약 내게 눈이 없고 귀만 있다면, 내 귀가 눈에 보이지 않는 너의 내적인 아름다움을 사랑할 거야.
그러나 귀가 안 들린다면, 너의 외모는 내 몸의 예민한 부분들을 모두 자극할 거야.
하지만 설령 눈도 귀도 없어서 보거나 들을 수 없다 해도, 너를 만지는 것만으로도 나는 사랑에 빠질 거야.
아니, 만질 수 있는 능력이 없어지고, 그래서 내가 볼 수도 들을 수도 만질 수도 없어서, 내게 오직 후각만이 남는다 해도, 나는 여전히 너를 너무도 사랑할 거야.
너의 얼굴에서 향기로운 숨결이 흘러나와, 그 향기를 맡으면 사랑이 우러날 테니까.

비너스와 아도니스, 433-444

이 사랑의 꽃망울은 여름날 따스한 바람에 부풀었다가,
우리가 다시 만날 때 아름답게 피겠죠.

로미오와 줄리엣, 2.1

내 마음이 여태 사랑을 하고 있었다고?
내 두 눈아, 그건 거짓이었어!
오늘 밤에야 진정한 아름다움을 보았네.

로미오와 줄리엣, 1.5

어떤 슬픔이라도,

그녀를 만나는 순간의 기쁨을

이기지는 못합니다.

로미오와 줄리엣, 2.6

소네트 47

나의 눈과 마음이 서로 힘을 합쳐,
이제는 서로에게 좋은 일을 합니다.
나의 눈이 그대를 너무도 보고 싶어 하거나,
나의 마음이 사랑의 한숨으로 질식해 갈 때,
눈은 나의 연인의 그림으로 잔치를 열고,
마음을 초대해 함께 그 모습을 감상하죠.
어떤 때는 내 눈이 마음의 손님이 되어,
마음이 품은 사랑을 공유하죠.
그러니 그림을 통해서든 사랑을 통해서든,
그대는 멀리 있으면서도 항상 나와 함께 있는 셈이죠.
그대가 멀리 있다고 해도, 내 생각이 미치는 범위라,
나는 항상 생각과 함께 있고, 생각 또한 그대와 함께 있어요.
혹시 내 생각이 잠든다 해도, 내 눈에 담긴 그대의 모습은,
마음을 깨워서, 눈도 마음도 함께 기뻐해요.

당신이 아니면 아무도 사귀고 싶지 않아요.

템페스트, 3.1

사랑하는 마음을 어떻게 말로 표현할 수 있을까요.
눈으로 보는 능력, 공간, 자유보다 더 사랑합니다.

리어왕, 1.1

아내는 내가 겪은 위험 때문에 나를 사랑했고, 난 그녀가 그 위험을 불쌍하게 여겼기에 그녀를 사랑했던 것입니다.

오셀로, 1.3

3장

순결과 배신

너를 따라갈 거야. 사랑하는 사람의 손에 죽는다면, 지옥도 천국으로 바뀔 거야.

한여름 밤의 꿈, 2.1

데스데모나: 저는 이 무어인을 사랑했고 함께 살 것임을 온 세상에 알립니다. 이로써 저는 규범을 완전히 깨고 운명을 조롱합니다.
제 마음은 제 남편의 성품에 깊이 영향을 받았습니다. 저는 오셀로의 외모에서 그의 성품을 느꼈고, 그의 명성과 용맹스런 자질에 제 영혼과 운명을 바쳤습니다.
그런데 의원님들, 그가 전쟁터에 나가고 저는 한가롭게 후방에 남는다면, 전 그와 나눌 사랑의 자리를 빼앗기고, 그가 없는 시간을 뼈아프게 힘들어하며 견뎌야 할 것입니다. 그와 함께 가게 해 주세요.

오셀로, 1.3

데스데모나: (노래한다)

불쌍한 영혼이 한숨 쉬며 무화과나무 옆에 앉아,

푸른 버들잎 노래를 부르네.

손은 가슴에, 머리는 무릎에 두고,

버들, 버들, 버들잎 노래 부르네.

맑은 시냇물 졸졸, 그녀의 한숨 소리 따라 하고,

버들, 버들, 버들잎 노래 부르네.

그녀의 뜨거운 눈물이 조약돌을 녹이고,

이것들 좀 치워 줘.

(노래한다)

버들, 버들, 버들잎 노래 부르네.

이제 어서 가 봐, 장군님이 오실 거야.

▷▷

(노래한다)

푸른 버들잎으로 내 화환을 만들어 노래하네.

그를 욕하진 마세요, 그가 무례하다는 건 나도 알죠.

아, 가사가 이상해졌네. 쉿! 누가 두드리는 거지?

에밀리아: 바람 소리에요.

데스데모나: (노래한다)

그이에게 나쁘다고 했어요.

그런데 그이가 뭐라는지 아세요?

버들, 버들, 버들잎 노래 부르네.

내가 다른 여자들을 사랑하거든,

당신도 더 많은 남자와 동침하시오.

이제 가 봐. 잘 자. 눈이 가렵네.

▷▷

눈물이 나려고 이럴까?

오셀로, 4.3

데스데모나: 그이의 무정함이 내 생명을 앗아 갈 수는 있지만, 내 사랑은 절대 더럽히지 못할 거야.

오셀로, 4.2

소년: 그녀가 흰색과 붉은색으로 화장을 하면,
바람을 피워도 알 수 없어.
바람을 피우면 두 뺨은 붉어지고,
두려움에 질려 하얗게 변하니까.
두려워서 양심에 가책을 느껴도,
화장하고 있으면 알 수 없어.
화장한 여자의 뺨은 원래 타고난 것인 양,
꼭 같은 색깔을 하고 있으니까.
주인님, 이 시는 하얀색과 붉은색의 통념을 감히 뒤엎는 노래랍니다.

사랑의 헛수고, 1.2

벨서자: (노래한다)

한숨 좀 그만, 아가씨들, 한숨 좀 그만 쉬어요.
남자들은 사기꾼.
오늘은 바다에, 내일은 육지에,
한곳에 머물지 않아요.
그러니 한숨은 그만, 가게 두어요.
해맑은 얼굴로 즐겁게 보내요.
슬퍼도 즐겁게 노래해요.
랄라 랄라 랄라.

슬픈 노래는 이제 그만, 그만 불러요.
가슴 저미는 답답한 노래는.
남자의 거짓말과 여름의 초록 이파리는,
다 똑같아요.
그러니 한숨은 그만, 가게 두어요.
해맑은 얼굴로 즐겁게 보내요.

▷▷

슬퍼도 즐겁게 노래해요.

랄라 랄라 랄라.

헛소동, 2.3

소네트 41

그대 마음에 내가 없을때,
그대가 방종하게 저지른 사소한 잘못들은,
그대가 젊고 아름답기 때문이에요.
그대에겐 항상 유혹이 따르니까요.
그대는 다정하기에 갈망의 대상이 되고,
멋지기에 사람들이 다가오죠.
여자가 꼬리 치면 어떤 남자라도,
뿌리치지 못하고 받아들이죠.
아! 하지만 내 자리는 지켜 주세요.
그대의 아름다움과 헤매이는 청춘을 나무라세요.
젊기에 그대는 방종해져서,
이중으로 믿음을 깨뜨려요.
그대의 아름다움으로 여인을 유혹하여, 여인의 믿음을 깨고,
그대의 아름다움으로 나를 속여서, 그대의 믿음을 저버리네요.

이야고: 당신을 너무 많이 사랑했기 때문이니, 겸허하게 용서를 빕니다.

오셀로, 3.3

소네트 117

저를 비난하세요. 그대의 큰 은혜에,
보답하는 일을 간과했다고요.
날마다 그 의무에 매여 있으면서도,
가장 귀한 그대 사랑을 칭송하는 일을 잊었다고요.
때때로 모르는 사람들과 어울리며,
귀하게 얻은 그대의 은혜를 낭비했다고요.
그대가 볼 수 없는 곳으로 저를 실어 갈,
모든 바람에 돛을 달았다고요.
고의였든 실수였든 제 모든 잘못을 기록하고,
정확한 증거들을 모아서,
화난 얼굴로 저를 보세요.
하지만 저를 미워하진 마세요.
저는 다만 그대의 지조와 사랑을 입증하려,
노력했다는 걸 알아주세요.

그녀의 열정은 오로지 순수한 사랑 중에서도 가장 순수한 부분에서 나오는 것입니다.

안토니와 클레오파트라, 1.2

클로디어스: 물론 네가 아버지를 사랑하지 않는다고 말하는 건 아니다.

하지만 사랑에도 때가 있단다. 내 경험으로 미루어 보아, 애정의 불꽃도 때에 따라 좌우되는 법이야.

사랑의 불꽃에는 심지 같은 것이 있어서 심지 때문에 불꽃이 약해지기도 한단다.

햄릿, 4.7

로렌조: 달빛이 참 밝군. 오늘 같은 밤, 달콤한 바람이 나무에 살포시 입 맞추어도 나무 흔들리는 소리 없는 오늘 같은 밤에, 트로일러스는 트로이의 성벽에 올라 크레시다가 자고 있는 그리스 진영을 향해 영혼이 빠져나갈 듯 한숨을 쉬었을 거요.

제시카: 이런 밤에, 티스비는 두려운 마음으로 밤이슬을 밟고 가다가 사자가 나타나기도 전에 사자의 그림자를 보고 놀라서 도망갔죠.

로렌조: 이런 밤에, 디도 여왕은 버들가지를 들고 거친 파도가 몰아치는 바닷가에 서서, 떠나는 연인에게 카르타고로 다시 돌아오라고 손짓했지.

제시카: 이런 밤에, 메디아는 늙은 시아버지 아이손을 회춘시킨 마법의 약초를 모았죠.

▷▷

로렌조: 이런 밤에, 제시카가 부유한 유대인의 집을 몰래 빠져나와 연인과 함께 베니스를 탈출해서 벨몬트까지 왔지.

제시카: 이런 밤에, 젊은 로렌조는 그녀를 아주 사랑한다고 맹세하고, 수많은 맹세로 그녀의 영혼을 훔쳤지만, 진실한 맹세는 하나도 없었죠.

로렌조: 이런 밤에, 아름다운 제시카는 작은 말괄량이처럼 연인을 중상모략했지만, 그 연인은 그녀를 용서했지.

제시카: 아무도 오지 않았다면 밤새 이 말놀이에서 이겼을 텐데. 들어 봐요, 발자국 소리가 나요.

베니스의 상인, 5.1

별들이 반짝이는지 의심할지언정,
태양이 움직이는지 의심할지언정,
진실이 거짓이 아닌지 의심할지언정,
그대여, 나의 사랑은 의심하지 말아요.

햄릿, 2.2

리어왕: 너희들 가운데 누가 나를 가장 사랑하느냐? 나를 사랑하는 공로가 가장 큰 딸에게 가장 많은 재산을 주겠다. 거너릴, 우리 맏딸, 먼저 말해 보렴.

거너릴: 폐하, 제가 폐하를 사랑하는 마음을 어떻게 말로 표현할 수 있을까요. 눈으로 보는 능력, 공간, 자유보다 더 사랑합니다.

값지고 희귀한 어느 것보다도 사랑하고, 축복과 건강과 아름다움과 명예를 갖춘 삶보다 더 사랑합니다.

자식이 아버지에게 드리는 최고의 사랑으로써, 또 아버지가 자식에게 받는 최고의 사랑으로써 사랑합니다.

저의 하찮은 숨결이나 말재주로는 표현할 수 없는 무엇과도 비교할 수 없을 만큼 사랑합니다.

코델리아: (방백)

나는 뭐라고 하지? 속으로만 사랑하고 겉으로는 드러내지

▷▷

말아야지.

리어왕: 울창한 숲과 기름진 들판, 풍요로운 강들, 광활한 목장이 있는 이 경계선에서 이 선까지의 모든 영토를 네게 주겠다. 영원히 너와 올바니 자손의 차지가 될 것이야. 그럼, 다음에는 나의 둘째, 콘월의 아내, 예쁜 리건, 말해 보거라.

리건: 폐하, 제 마음도 언니의 마음과 같습니다.
언니의 사랑과 같은 값어치를 가졌다고 생각합니다.
진짜 제 마음을 들여다보니, 언니는 바로 저의 사랑을 있는 그대로 말해 주었어요. 다만, 언니가 못다한 말을 보태 드리겠어요.
이 세상에 가장 고상하고 완벽한 사람만이 누리는 즐거움일지라도, 그것이 아버지에 대한 사랑이 아니라면 모두가 원수라고 생각합니다.

▷▷

저는 오직 폐하에 대한 사랑에서만 행복을 느낍니다.

코델리아: (방백)

아, 불쌍한 나 자신. 하지만 내 사랑이 부족하지는 않아. 아버지에 대한 나의 사랑은 나의 말보다 더 진중해.

리어왕: 이 멋진 땅의 삼분의 일을 너와 네 자손의 영토로 주마. 광대함으로나, 가치로나, 기쁨을 주는 일에 있어서나, 거너릴에게 준 것에 못지않지.

자 이번엔 네 차례다. 비록 가장 어린 딸이고 체구가 가장 작으나, 언니들 못지않게 내게 기쁨인 코델리아.

포도의 나라 프랑스의 왕과 광활한 목장을 가진 버건디 공작이 사랑을 얻으려고 서로 경쟁을 벌이고 있는 코델리아.

너의 언니들에게 준 것보다 더 풍요로운 국토의 삼분의 일을 얻기 위해 너는 뭐라고 할래? 자, 말해 보렴.

▷▷

코델리아: 할 말이 없어요, 폐하.

리어왕: 없어?

코델리아: 없어요.

리어왕: 하나도 없다면 아무것도 얻지 못한단다. 다시 말해 보렴.

코델리아: 불행히도 저는 마음속에 있는 것을 입 밖에 내보낼 줄 모릅니다. 저는 폐하를 다만 자식 된 도리로서 사랑할 뿐입니다. 그 이상도, 그 이하도 아니에요.

리어왕: 아니, 아니, 코델리아! 다시 말해 보렴. 재산을 모두 날리기 전에.

▷▷

코델리아: 폐하, 폐하께서는 저를 낳아 길러 주시고 또 사랑해 주셨습니다.

그래서 자식 된 도리로서 저는 아버지 은혜에 보답합니다.

아버지께 복종하고, 아버지를 사랑하고, 그 누구보다도 아버지를 지극히 공경합니다.

언니들은 아버지만을 사랑한다고 하는데 어째서 남편이 있을까요? 만약 제가 결혼한다면, 아마 저의 사랑의 맹세를 받을 남편은 저의 사랑, 저의 걱정, 저의 의무의 절반도 가질 것입니다.

아버지만을 사랑한다고 한다면, 저는 절대로 언니들처럼 결혼하지 않을 겁니다.

리어왕: 그게 진심이냐?

코델리아: 네. 폐하.

▷▷

리어왕: 어린 네가, 그리도 매정하게?

코델리아: 폐하, 나이는 어리나 진심입니다.

리어왕, 1.1

로잘린드 (가니메데로 변장한 채): 절대로, 날 사랑해선 안 돼요. 난 술자리에서 늘어놓는 헛된 맹세보다도 못 믿을 사람이니까요.

뜻대로 하세요, 3.5

소네트 150

아, 부족함에도 불구하고 제 마음을 휘젓는,
이 대단한 힘을 그대는 어디에서 얻으셨나요?
제 멀쩡한 시력을 믿지 않게 만들고,
대낮에 태양이 없다고 우기게 하는 그 힘을.
어떻게 그대는 못난 자신의 행실을,
좋아 보이게 하는 재주를 가지셨나요?
그런 대단한 힘과 칭찬받는 기술 덕분에,
제게는 그대의 최악이 모든 최선보다 나아 보여요.
누가 가르치던가요? 그대를 미워할 이유를 보고 들을수록,
저로 하여금 그대를 더욱 사랑하게 하는 방법을.
아! 남들이 미워하는 것을 제가 사랑한대도,
남들을 따라 제 처지를 미워하진 마세요.
저처럼 그대의 부족함을 사랑할 수 있는 사람은,
그만큼 그대의 사랑을 받을 가치가 있잖아요.

소네트 132

내가 사랑하는 그대의 두 눈이 나를 가엾이 여기는군요.
그대가 나를 멸시하고 괴롭히는 줄 알고서.
언제나 검은 빛을 띠면서 인정스레 측은히,
나의 고통을 바라보는군요.
그대의 슬픈 두 눈이 그대 얼굴에 어울리는 것에 비하면,
하늘에 떠오르는 아침 해도,
동쪽 하늘 회색 구름과 어울리지 않고,
저녁을 맞이하는 샛별도,
맑은 서쪽 하늘과 어울리지 않아요.
아! 나를 가엾게 여겨 그대의 마음도 두 눈과 어울리게 해 주세요.
그대가 슬퍼하면 더욱 우아해 보이고,
동정심은 그대의 모든 부분과 잘 어울려요.
그러면 나는 아름다움의 본질은 검은 빛이라 단언할 거에요.
그대의 검은 얼굴빛 이외의 것들은 모두 추하다고 할 거에요.

4장

사랑의 혼란

그녀는 사랑이고, 사랑을 하는데, 사랑을 받진 않는구나.

비너스와 아도니스, 610

트로이러스: 그대여, 사랑은 기이한 면이 있어요. 하고자 하는 의지는 무한해도 좀처럼 실행하지 못하거든요. 욕망은 무한해도 행동은 노예처럼 구속되죠.

크레시다: 연인들은 모두 할 수 없는 일을 한다고 맹세하지만, 능력을 아껴서 아무런 일도 하지 않는대요.
열 가지 일 이상을 한다고 하고는 그 십분의 일도 하지 않는다죠. 사자처럼 큰소리치지만 토끼처럼 군다죠.
그런 사람들이 기이하지 않은가요?

트로이러스와 크레시다, 3.2

진실한 사랑이 가는 길은 절대 순탄치 않아.

한여름 밤의 꿈, 1.1

프로테우스: 한쪽의 열이 다른 쪽 열을 몰아내듯이, 하나의 못이 다른 못을 힘으로 밀쳐 내듯이, 새로운 연인을 만나, 내 사랑에 대한 옛 기억이 잊히고 말았어.

내 눈에 그리 보이는지, 아니면 발렌타인이 칭찬해서인지, 그녀가 정말 완벽해서인지, 아니면 내가 정신이 나가서인지, 그런데 내가 지금 그걸 왜 따지지?

그녀는 아름다워. 그런데 전에 내가 사랑한 줄리아도 예뻤지. 전에 몰두했던 사랑은 이제는 사라져 버렸어.

마치 불꽃에 사라진 밀랍 인형처럼 옛사랑은 가 버리고 없어. 발렌타인을 소중히 여기던 마음도 식어 버렸어.

전처럼 그 친구가 좋지 않아.

아! 하지만 발렌타인의 연인은 정말이지 좋아.

그게 그를 덜 좋아하게 된 이유지.

그녀에 대해 자세히 알지 않아도 이렇게 사랑하기 시작했는데, 자세히 알게 되면 얼마나 더 좋을까!

그녀의 겉모습만 보았을 뿐인데, 이성이 이렇게 마비되

▷▷

고 말았어. 그녀의 완벽한 모습을 보게 되면, 나는 분명 시력을 잃을 거야.
내 잘못된 사랑을 막을 수 있다면 막을 거야. 하지만 막을 수 없다면 무슨 수를 써서라도 그녀를 차지할 거야.

베로나의 두 신사, 2.4

사랑은 눈이 아닌 마음으로 보는 거야.
그래서 날개를 단 큐피드도 장님으로 묘사되지.

한여름 밤의 꿈, 1.1

로잘린드 (가니메데로 변장한 채): 싫어요. 상사병에 걸리지 않은 사람에게 치료법을 알려 주고 싶진 않아요.
요즘 어떤 남자가 이 숲속을 배회하면서 나무 껍질마다 '로잘린드'라고 새겨서 작은 나무들을 못살게 굴고 있어요. 산사나무에는 사랑의 시를 걸어 두고, 가시덤불에는 슬픔의 노래를 걸어 두었는데, 모두 로잘린드를 찬미하는 내용이에요.
그 정신 나간 사람을 만난다면 효과적인 처방을 해 줄 거에요. 그는 상사병에 걸린 것 같으니까요.

올란도: 내가 바로 그 병에 걸린 사람이에요. 제발 치료법을 알려 줘요.

로잘린드 (가니메데로 변장한 채): 당신은 우리 삼촌이 말했던 증세가 전혀 없네요. 삼촌은 사랑에 빠진 사람을 알아보는 방법을 알려 주셨거든요. 당신은 사랑의 새장에

▷▷

갇힌 포로가 아님에 분명해요.

올란도: 삼촌이 말씀하신 증세가 뭔데요?

로잘린드 (가니메데로 변장한 채): 뺨이 여윈다는데, 당신은 그렇지 않아요. 눈 언저리에 다크서클이 진하고 움푹 들어간다는데, 당신은 그렇지 않고요. 대화하는 것도 싫어한다는데, 당신은 그렇지 않죠. 면도도 안한다는데, 그렇지도 않고요. 하지만 그 점은 너그럽게 봐 드리죠. 당신 수염은 차남이 받는 유산처럼 빈약하니까요.

그러나 상사병에 걸리면 양말 끈도 헐렁하고, 모자 끈도 풀려 있어야 하고, 소매도 풀어지고, 신발 끈도 풀어지는 등 모든 것이 될 대로 되라는 식으로 엉망진창 처량해 보여야 하는데, 당신은 그렇지 않아요. 오히려 당신은 옷차림이 완전히 말쑥하고 남을 사랑하는 것처럼 보이지 않고 오히려 자신을 사랑하는 것 같아요.

▷▷

올란도: 이봐요, 멋진 젊은이, 내가 어떻게 하면 사랑에 빠졌다는 것을 믿을 건가요?

로잘린드 (가니메데로 변장한 채): 나더러 믿으라고요! 차라리 당신이 사랑하는 그 여인에게 믿으라고 하는 편이 빠를 거에요. 그 여인은 믿는다고 말하기 전에 이미 믿고 있을 게 뻔해요. 그런 식으로 여자들은 언제나 양심을 속이죠.

그건 그렇고, 당신이 로잘린드를 그토록 찬미하는 시를 나무에 걸어 둔 바로 그 사람인가요?

올란도: 로잘린드의 하얀 손에 걸고 맹세하건대, 내가 바로 그 남자에요. 불쌍한 그 남자.

로잘린드 (가니메데로 변장한 채): 정말 당신은 그 시에서처럼 그녀를 열렬히 사랑하나요?

▷▷

올란도: 시나 이성으로 내가 그녀를 얼마나 사랑하는지 표현할 수는 없어요.

로잘린드 (가니메데로 변장한 채): 사랑은 순전히 미친 짓이에요. 그러니 미친 사람을 다루듯 어두운 집에 가두고 때려야 해요. 하지만 이 방법으로도 치료가 안되죠. 사랑의 광증은 너무 흔해서 매질하는 사람까지 사랑에 미쳐 버리기 때문이에요. 하지만 나는 상담을 통해 치료할 수 있어요.

올란도: 그 방법으로 누군가를 치료한 적이 있나요?

로잘린드 (가니메데로 변장한 채): 네. 한 사람 있었어요. 이렇게 했었죠.

그 남자에게 날 연인이라 여기고 매일 구애하라고 했어요. 그가 구애할 때마다 나는 변덕을 부려서 슬퍼도 해 보

▷▷

고, 힘없어 보이기도 하고, 변덕을 부리기도 하고, 그리워하고, 좋아도 하고, 교만하게 굴고, 공상에 빠지기도 하고, 장난도 치고, 경박하게 굴기도 하고, 갑자기 변하고, 엉엉 울기도 하고, 함박웃음을 짓기도 했죠.
진심에서 우러나진 않았지만, 온갖 감정을 내보였어요.
글쎄, 남자나 여자나 대개 사람들은 그렇게 철이 없어서, 어떤 사람을 좋아하다가도 금방 진저리를 치고, 존중하다가도 금방 괄시하고, 그 사람 때문에 울다가도 곧바로 침을 뱉죠.
그 결과 그 구애자는 사랑의 광기에서 벗어나 진짜 미치광이가 되어 버렸어요. 그 사람은 소용돌이치는 속세와 인연을 끊고 완전히 세상에서 멀리 떨어진 구석진 곳에 살게 되었죠.
그런 식으로 그 사람을 낫게 했죠.
바로 이 처방으로 당신의 간을 착한 양의 심장처럼 말끔히 낫게 해 드리죠. 사랑의 흔적은 조금도 없도록.

▷▷

올란도: 젊은이, 난 그런 식으로 치료되지 않을 거예요.

로잘린드 (가니메데로 변장한 채): 치료해 드리고 싶은데요. 만약 나를 로잘린드라고 부르고, 날마다 제게 와서 구애를 한다면 말이에요.

올란도: 자, 나의 진실한 사랑을 걸고, 해 보겠어요. 어디로 가면 되나요?

로잘린드 (가니메데로 변장한 채): 함께 가시죠. 직접 보여 드릴게요. 그리고 당신이 숲속 어디에 살고 있는지 말해 주세요. 그럼, 가 보실까요?

올란도: 그럽시다. 젊은이.

로잘린드 (가니메데로 변장한 채): 아뇨, 나를 로잘린드라고 부

▷▷

르셔야죠.

얘, 에일리, 너도 갈래?

뜻대로 하세요, 3.2

소네트 138

나의 연인이 자신을 진실하다 맹세한다면,
그 말이 거짓인 줄 알면서도 나는 믿으려 할 거예요.
그녀가 나를 세상의 교묘한 속임수를 잘 모르는,
어수룩한 청년으로 믿어 주길 바라면서.
내 한창때가 지났음을 그녀가 알고 있는데도,
나를 젊게 본다고 헛된 생각을 하면서,
나는 바보처럼 그녀의 거짓말을 믿죠.
그렇게 우리는 서로 진실을 감춰 버렸어요.
왜 그녀는 자신의 부정을 말하지 않을까요?
그리고 나한테 늙었다고 말하지 않을까요?
아, 사랑할 때 가장 좋은 습관은 믿는 척하는 것이고,
사랑에 빠진 늙은 연인은 나이를 밝히기를 싫어하죠.
그렇게 나는 그녀를 속이고, 그녀는 나를 속이며,
거짓말을 하면서 서로를 띄워 주죠.

하지만 모든 것이 헛되네. 아름다운 여신이여, 일이 안 풀리는구나. 그녀는 할 수 있는 모든 것을 다 했고, 그녀의 애원은 더 큰 보답을 받아야 하거늘.
그녀는 사랑이고, 사랑을 하는데, 사랑을 받진 않는구나.
"싫어, 싫어요." 그가 말한다.
"나 답답해요, 가게 해 줘요. 나를 붙잡을 이유가 없어요."

비너스와 아도니스, 607-612

루시아나: 형부는 어쩌면 그렇게 남편의 도리를 완전히 잊어버렸나요? 안티포러스 씨, 사랑의 봄에 접어들기가 무섭게, 벌써 사랑의 어린싹이 썩었어요? 사랑이 익기도 전에 없어져 버렸나요?

형부가 언니의 재산 때문에 결혼했다 하더라도, 그 재산을 위해서라도 더 다정히 언니를 대하세요. 마음이 다른 곳에 끌리는 한이 있어도 언니 모르게 노세요.

거짓 사랑으로 장님처럼 눈을 가려서, 언니가 형부의 눈을 보아도 모르게 바람을 피우세요. 그리고 자기의 수치를 스스로 말하지 마세요.

부드러운 표정으로 다정히 얘기하면서 외도를 숨겨요. 미덕으로 악덕을 감추세요. 형부의 마음이 더러워도, 좋은 얼굴로 가려요. 죄인이라도 성자처럼 행동하세요. 바람은 비밀리에 피우는 거에요. 언니에게 그런 걸 알릴 필요가 있나요?

자기가 훔친 것을 자랑하는 어리석은 도둑이 어디 있어요?

▷▷

잠자리에 충실하지 않으면서, 밥상 앞에서 언니에게 바람을 들킬 표정을 짓는 것은 두 번 잘못하는 거에요.
수치스런 일도 잘만 처리되면 괘씸해도 명예로울 수 있지만, 그 수치에 악한 말을 더하면 악행이 두 배로 늘어나거든요.
아, 불쌍한 여자들! 무턱대고 믿는 것이 여자이니, 형부가 여자를 사랑한다는 것이라도 믿게 해 주세요. 팔은 다른 여자에게 주었지만, 소매라도 우리에게 보여 주세요. 여자들은 남자가 움직이는 대로 따라가니까요.
그러니 형부, 다시 안으로 들어가세요. 언니를 위로하고 용기를 주면서 "부인"이라고 불러 봐요.
약간 허풍을 떠는 것은 신성한 장난이죠. 달콤하게 아첨하면 싸움이 누그러지니까요.

안티포러스(시러큐스): 사랑스런 아가씨, 이런 호칭말고는 그대의 이름을 알지 못하네요.

▷▷

놀랍게도 당신이 내 이름을 어떻게 알았는지는 모르겠지만, 아가씨는 그 지식과 우아함이 세상의 누구보다도 놀랍고 성스럽네요.
사랑스런 아가씨, 제가 어떻게 생각하고 얘기해야 할지 가르쳐 주세요. 나약하고, 경박하고, 허약하고, 숱한 잘못 속에서 질식할 것 같은 나에게, 그대의 거짓말 속에 숨겨진 뜻을 알려 주세요.
어째서 나를 깨끗하고 정직한 마음을 갖지 못하게 하고, 혼란 속에서 애쓰며 방황하게 하나요?
그대는 신인가요? 그래서 나를 새로 만들 생각인가요?
그렇다면 나를 새로 만드세요. 그대의 힘에 맡기겠어요.
하지만 내가 나 그대로라면, 나는 알아요. 울고 있는 그대의 언니는 내 아내가 아니고, 잠자리를 같이할 의무도 없다는 걸 말이에요.
나의 마음은 더더욱 그대에게 기울어져요.
귀여운 인어여, 그대의 노래로 내가 그대 언니의 눈물

▷▷

속에 빠져 죽게 유인하지 말아요.

바다의 요정인 사이렌이여, 그대 자신의 노래를 부르세요. 나는 그 노래 속에 빠지겠어요.

은빛 물결 위에 그대의 황금빛 머리칼을 펼치세요. 나는 그 위를 침대 삼아 눕겠어요.

그런 영광스런 일을 상상하면서 죽을 수 있다면 죽어도 여한이 없어요. 사랑은 가볍다고 하는데, 사랑이 가라앉을지 그렇지 않을지 우선 빠져 봐요.

루시아나: 아니! 미치셨나요? 그런 말을 하다니!

안티포러스(시러큐스): 안 미쳤어요. 혼란스러워요. 왜 그런지 모르겠지만.

루시아나: 보기만 하고 사랑하는 건 잘못이에요.

▷▷

안티포러스(시러큐스): 그대는 태양이에요. 그 햇빛을 옆에서 보아서 그런 모양이에요.

루시아나: 봐야 할 것만 똑똑히 보세요. 그럼 시야가 밝아질 테니까.

안티포러스(시러큐스): 사랑스런 나의 연인, 캄캄한 밤을 볼 때는 눈을 감는 편이 나아요.

루시아나: 왜 저를 연인이라고 부르시죠? 언니를 그렇게 부르세요.

안티포러스(시러큐스): 언니의 동생을 그렇게 부르겠어요.

루시아나: 저의 언니를 그렇게 부르라니까요.

▷▷

안티포러스(시러큐스): 아니. 그대 말이에요.
나 자신보다 더 나은 반쪽이에요.
나의 눈보다 더 밝은 눈, 나의 심장보다 더 소중한 심장이에요.
나의 양식, 나의 행복이요, 나의 달콤한 희망의 목표, 나의 유일한 지상 천국이자 나의 천국의 권리인 그대 말이에요.

루시아나: 그것은 모두 언니를 두고 하는 말이겠죠.
혹시 그렇지 않다면 그래야겠죠.

안티포러스(시러큐스): 그럼 그대 자신을 언니라 부르세요.
나에게는 그대만이 있어요. 나는 그대를 사랑해요.
그대와 함께 내 삶을 가꿔 가겠어요.
그대도 남편이 없고, 나도 아내가 없어요.
그러니 손을 이리 주세요.

▷▷

루시아나: 아, 가만히 있어요! 잠깐 있어요.
언니를 불러 생각을 알아볼 테니까.

실수 연발, 3.2

소네트 42

내가 그녀를 아주 사랑한 건 사실이지만,
당신이 그녀를 차지한 것, 그것 때문에만 슬픈 건 아니에요.
그녀가 당신을 차지한 것, 그것이 날 가장 슬프게 해요.
사랑의 상실감 때문에 나는 더욱 힘들어요.
사랑의 죄인들이여, 내가 이렇게 그대들을 변호해 볼게요.
내가 그녀를 사랑하기에 당신도 그녀를 사랑한 것이고,
그녀 역시 당신이 내 친구임을 알고 자신을 허락하여,
나를 위해 나를 저버린 것이리라고요.
내가 당신을 잃으면 그녀는 그대를 얻고,
내가 그녀를 잃으면 당신이 그녀를 차지하죠.
둘은 서로를 얻지만 나는 둘 다를 잃게 되니,
둘은 나를 위한다며 내게 십자가를 지우는군요.
그럼에도 나는 기뻐요. 내 친구와 나는 하나니까.
달콤한 자기기만이네요. 그녀는 결국 나만 사랑하는 셈이잖아요.

오베론: 무엇이든 잠에서 깨어나서 보이는 것이,

(티타니아의 눈에 꽃즙을 뿌린다)

너의 진정한 연인이다.

사랑에 미쳐서 속 좀 썩어 봐라.

살쾡이든, 고양이든, 곰이든, 표범이든, 털 뻣뻣한 산돼지든, 깨었을 때 처음 보게 되는 것, 그것이 바로 너의 연인이다. 좀 고약한 것이 나타날 때 깨어나길.

한여름 밤의 꿈, 2.2

티타니아: 멋진 그대, 다시 한번 노래를 불러 줘요.
내 귀는 그대의 노래에 반했어요.
내 눈은 그대 모습에 사로잡혔고요.
그대의 아름다운 품성이 나를 감동시켰나 봐요.
첫눈에 그대를 사랑한다고 맹세합니다.

보텀: 부인께서 이성적이시라면 그러실 이유가 없는데요. 하기야, 정확히 말해서 요즘 이성과 사랑이 각각 따로 놀기는 하죠. 게다가 안타깝게도 이 둘을 친하게 만들 착한 이웃도 없고요. 그래, 나도 때로는 멀쩡하게 농담도 할 수 있군.

티타니아: 그대는 멋지시고 지혜롭기도 하시네요.

보텀: 둘 다 아니에요. 하지만 이 숲을 빠져나갈 수 있는 지혜만이라도 있으면 좋겠어요.

▷▷

티타니아: 이 숲에서 나갈 생각은 애당초 하지 말아요.

원하든 원치 않든 여기에 남게 될 거에요.

난 평범한 요정이 아니에요.

여름이 항상 내 곁에서 시중을 들죠.

그런 내가 그대를 정말로 사랑한다고요. 그러니 같이 가요.

요정들이 그대를 시중들게 할게요.

바다 밑에서 진귀한 보물을 가져오게 하고, 그대가 꽃밭에서 잠잘 때 노래를 불러 드리라 할게요.

그리고 생명이 유한한 당신의 몸을 정화해서 하늘을 나는 요정으로 만들어 줄게요.

콩꽃! 거미줄! 나방! 겨자씨야, 이리로 오렴!

한여름 밤의 꿈, 3.1

그녀는 그의 사랑을 얻지 못한다면 죽어 버릴 거고,

그에게 고백하느니 차라리 죽겠다고 하네요.

헛소동, 2.3

오필리어: 네, 저, 이 노래를 들어 주세요.

(노래한다)

그이는 떠났어요, 마마,
그이는 돌아가 버렸어요.
그이의 머리맡엔 푸른 잔디 자라고,
발치에는 돌멩이 하나가.

여왕: 얘야, 오필리어….

오필리어: 제발 들어 주세요.

(노래한다)

그이의 수의는 깊은 산속 흰 눈 같아.

(왕이 들어온다)

▷▷

여왕: 아, 여길 보세요!

오필리어: (노래한다)

예쁜 꽃에 둘러싸여,

진실한 연인의 소나기 같은 눈물에 젖어,

무덤으로 가셨어요.

왕: 그동안 잘 지냈는가, 아름다운 오필리어?

오필리어: 감사합니다. 올빼미는 빵장수 딸이었대요. 정말 우리는 오늘 일은 알아도 내일 일은 모르죠. 밥상에 신의 은총이!

왕: 죽은 아버지를 생각하는군.

오필리어: 제발 아무 말씀 마세요.

▷▷

하지만 무슨 일인지 묻거든 이렇게 전해 주세요.

(노래한다)

내일은 발렌타인 데이,
날이 밝자마자 그대에게 갈게요.
처녀인 나는 그대 창문 아래 서서,
그대의 발렌타인이 될게요.
그러면 그대 깨어나 옷을 입고서,
창문을 살짝 열어 주죠.
들어갈 때는 처녀였지만,
나올 때는 처녀가 아니죠.

왕: 불쌍한 오필리어!

오필리어: 아이 참, 끝까지 부를래요.

▷▷

(노래한다)

아, 정말로, 생각해 보면
아아, 정말로, 너무해요!
닥치는 대로 장난질하니,
아무리 사내라도 너무해요.
여자가 따지길, "나를 덮치려 할 때,
결혼을 맹세했잖아요."
사내가 대답하길,
"맹세코 그러려 했지.
그대가 내 이불 속에 들어오지만 않았어도."

햄릿, 4.5

발렌타인: 그래. 맞아. 자네는 사랑에 더 빠져 버렸군.
하지만 자네는 헬레스폰트해협을 헤엄칠 수 없어.

프로테우스: 깊은 진창에? 아니, 날 얼간이로 보지 말게.

발렌타인: 얼간이로 보는 게 아냐. 그런다고 좋을 게 없어.

프로테우스: 뭐라고?

발렌타인: 사랑에 빠지면 신음하고 조롱받고, 가슴 아픈 탄식을 하면서 애처롭게 보여야 해.
스무날 동안 밤잠을 설치면서 사랑해서 얻는 것이라고는 겨우 덧없이 사라지는 한순간의 기쁨뿐이야.
사랑에 성공해도 얻는 것은 아무 쓸모도 없는 것들일 뿐이지. 사랑에 실패하면 죽도록 고생만 하고….
어쨌든 머리를 굴리며 바보짓을 하든, 바보짓을 해 지혜

▷▷

를 날려 보내든 둘 중 하나야.

프로테우스: 글쎄, 자네 생각대로 날 바보라 하는군.

발렌타인: 글쎄, 상황을 보아 하니, 그걸 증명하게 되지 않을까 걱정이군.

프로테우스: 자네는 사랑을 트집 잡지만, 나는 사랑에 빠진 게 아니야.

발렌타인: 사랑이 자네의 주인이야. 사랑이 자네를 좌지우지하니까. 바보같은 사랑에 지배되었으니, 자네가 현명한 자로 기록되진 않을거라 생각해.

프로테우스: 하지만 작가들은 얘기하지. 가장 달콤한 꽃망울에 그걸 갉아먹는 해충이 살듯이, 아주 훌륭한 지혜 속

▷▷

에도 그걸 갉아먹는 사랑이 살고 있다고….

발렌타인: 그리고 작가들은 이렇게도 얘기해. 어린 꽃망울이 꽃을 피우기도 전에 해충에 갉아먹히는 것처럼, 어리고 연한 지혜가 사랑에 갉아먹혀 바보로 변하기도 한다고…. 꽃망울을 터뜨리기도 전에 져 버리고, 한창때 멋진 꽃을 피우리라는 희망 또한 모두 사라져 버린다고…. 하지만 어리석은 사랑에 빠진 자네에게 이렇게 충고하는 것은 시간 낭비야.

다시 한번 작별 인사를 하지. 아버지께서 내가 배를 타고 떠나는 걸 보시려고 길에서 기다리고 계시네.

베로나의 두 신사, 1.1

사랑은 눈을 멀게 해요. 그래서 연인들은 자신들이 범하는 기이한 잘못을 볼 수 없답니다.

베니스의 상인, 2.6

드미트리우스: 널 사랑하지 않아. 그러니 따라오지 마. 라이샌더하고 예쁜 허미아는 어디 있지? 나는 라이샌더를 죽일 거고 허미아는 나를 죽이겠지. 두 사람이 이 숲으로 도망 왔다고 했지? 그래서 나도 여기 달려왔는데, 허미아는 보이지 않으니, 이 숲속에서 난 미치겠네. 가 버리라고. 더 이상 쫓아오지 마.

헬레나: 네가 날 끌어당기잖아. 그 매정한 마음으로. 그런데 네가 끌어당기는 것은 강철이 아니라 강철처럼 변치 않는 내 심장이야. 당기는 힘을 줄여 봐. 그러면 널 쫓는 나도 힘이 빠질 거야.

드미트리우스: 내가 널 유혹했다는 거니? 내가 달콤한 말이라도 했니? 널 사랑하지도, 사랑할 수도 없다고 솔직히 말했잖아?

▷▷

헬레나: 그런 말을 들어도 더 사랑해.

난 너의 개야. 그래서 드미트리우스, 네가 날 때릴수록 아양을 떨 거야. 개를 대하듯 나를 차고 때리고 무시하고 버려도 좋아. 하지만 비록 별볼일 없는 여자지만, 널 따라다니게만 해 줘. 개 보듯 날 대하라는 것보다 (그것도 내겐 과분하긴 하지만) 더 나쁜 부탁이 어디 있을까?

드미트리우스: 내 성질을 더 이상 돋우지 마. 보기만 해도 힘들어.

헬레나: 난 널 못 보면 정말 힘들어.

드미트리우스: 넌 자신을 너무 망치는 중이야. 도시를 벗어나서 자기를 사랑하지도 않는 남자의 손에 몸을 맡기다니. 더구나 무슨 일이 일어날지 모르는 오밤중에, 부정한 일이 일어날지 모르는 으슥한 장소에서 소중한 처

▷▷

녀성을 맡기다니.

헬레나: 난 너의 인격을 믿어. 그래서 네 얼굴만 보면 밤도 밤이 아니야. 그러니까 지금도 밤이라고 생각하지 않아. 그리고 이 숲속은 전혀 허전한 곳이 아니야. 넌 내게 온 세상이니까. 이렇게 온 세상이 나를 바라보는데, 내가 어떻게 외롭다 하겠어?

드미트리우스: 난 도망갈래. 덤불에 숨어 버릴래. 네가 맹수한테 잡아먹혀도 난 몰라.

헬레나: 아무리 맹수라도 너처럼 매몰차진 않을 거야. 마음대로 도망쳐. 옛 신화 이야기와 반대로네. 아폴로가 달아나고 다프네가 쫓아가고, 비둘기가 사자를 닮은 독수리를 쫓아서 날고, 순한 암사슴이 호랑이를 잡으려 속력을 내지. 헛된 속력을. 겁쟁이는 쫓고 용감한 사람은

▷▷

도망가고.

드미트리우스: 말장난하기 싫어. 난 갈래. 한사코 따라온다면 숲에서 못된 짓을 할 테니 날 믿지 마.

헬레나: 그래, 넌 신전에서도, 마을에서도, 들판에서도 나한테 못되게 굴었어. 칫! 드미트리우스!
네가 한 짓은 여자를 욕보이는 거야.
여자는 남자처럼 싸워서 사랑을 차지하지 못해. 여자는 구애를 받는 존재지 구애를 하지 않아.

(드미트리우스 나간다)

너를 따라갈 거야, 사랑하는 사람의 손에 죽는다면, 지옥도 천국으로 바뀔 거야.

한여름 밤의 꿈, 2.2

바이올라: 반지 같은 건 놔두지도 않았는데, 아가씨는 왜 그러시지? 설마 내 남장 모습에 반했다면 이 일을 어쩌지! 하긴 내 얼굴만 뚫어져라 보고 계셨어. 눈이 말을 하고, 혀가 제대로 돌지 않는듯, 영문 모를 말을 엉겁결에 더듬거리셨어. 틀림없이 날 사랑하시는 거야. 뜨거운 열정으로 교묘하게 내 마음을 끌어 보려고 저 버릇없는 자를 보내신 거야.

공작의 반지라니! 아니, 공작님은 아무것도 주지 않으셨어. 아가씨의 목표는 나야. 그게 사실이라면, 불쌍한 아가씨. 차라리 꿈을 사랑하는 게 나을 걸. 변장이란 사악한 짓이군. 교활한 적들도 이런 나쁜 짓을 하지. 잘생긴 바람둥이가 여자들의 연약한 마음에 자신의 모습을 새겨 두기는 쉽지! 아아! 여자가 나약하다고 하나 그것이 우리 여자들 잘못은 아니야. 그렇게 태어나서 그런 것이 아닌가. 할 수 없는 일이지.

앞으로 어떻게 될까? 공작께서는 아가씨를 너무도 사랑

▷▷

하셔. 남장한 여자인 불쌍한 나는 주인님을 사랑하고. 아가씨는 잘못 아시고 나에게 반하신 것이고. 앞으로 이 일이 어떻게 될까? 지금 난 남자가 되어 있으니, 아무리 안달을 해도 소용이 없네.
나는 여자이니, (아, 어떻게 이럴 수가!) 불쌍한 올리비아 님은 헛된 한숨만 쉬시고! 아, 시간아, 복잡한 이 사건은 네가 해결해야 해. 내가 풀기엔 너무 어려워!

열두 번째 밤, 2.2

줄리엣: 벌써 가려고요? 날이 밝으려면 아직 멀었는데. 로미오 님이 겁내는 저 소리는 종달새 소리가 아니라 밤꾀꼬리 소리에요. 저 새는 밤마다 저 석류나무 위에서 노래해요. 정말로 밤꾀꼬리라고요.

로미오: 아니야. 종달새였어. 아침을 알리는 메신저지. 밤꾀꼬리가 아니었어. 저 멀리 동쪽 하늘, 흩어지는 구름 사이로 얼굴을 보이는 저 심술궂은 새벽빛을 봐.
밤의 촛불은 이제 꺼지고, 흥청대는 아침 해는 안개 깊은 산마루에서 발돋움하네. 여기를 떠나 살아남던가, 머물다가 죽던가 할 수밖에.

줄리엣: 저 빛은 햇빛이 아니에요. 내가 잘 알아요. 로미오 님이 만토바로 가는 길을 비춰 주려 태양이 던진 유성 같은 거에요. 그러니까 좀 더 있어요. 갈 필요 없어요.

▷▷

로미오: 난 잡혀도 괜찮고, 죽어도 괜찮아. 그걸 자기가 원한다면 난 괜찮아.

저기 저 희미한 빛줄기도 아침의 빛이 아니라, 달의 여신의 이마에서 반사된 빛이라 해 두지. 머리 위로 높이 하늘에서 노래하는 저 새도 종달새가 아니야.

사실은 나도 이대로 가기보다는 머물고 싶어.

와라, 죽음아, 어서 와! 그것이 줄리엣이 바라는 바야.

어때, 줄리엣? 얘기할까? 아침이 온 게 아냐.

줄리엣: 아침이에요, 아침! 가세요, 어서, 어서 가세요!

저 종달새 좀 봐. 저렇게 높이서 곡조도 안맞는 소리로 꽥꽥대고 있네. 종달새는 달콤하게 노래한다던데, 저 종달새는 얄밉게도 우리 사이를 떼어 놓으려는구나.

종달새와 흉측한 두꺼비는 서로 눈을 바꿨다고 해요.

아, 이제 목소리도 서로 바꿔 주었으면!

우리를 서로의 품에서 떼어 놓고, 로미오 님이 갈 길을

▷▷

재촉하는 저주스스러운 아침의 노래.
자, 어서 가세요! 점점 날이 밝아 오네요.

로미오: 날이 밝아 올수록, 점점 더 슬퍼지네.

(유모 들어온다)

유모: 아가씨.

줄리엣: 유모?

유모: 어머님께서 이리로 오고 계세요.
날이 밝았어요. 조심하세요, 조심.

(나간다)

▷▷

줄리엣: 그럼 창문아, 빛을 들이고, 내 사랑을 내보내 주렴.

로미오: 잘 있어, 잘 있어, 키스 한 번 하고 내려갈게.

(내려간다)

줄리엣: 그렇게 가 버렸나요?
내 사랑, 나의 로미오. 나의 남편, 나의 친구.
날마다 한 시간 단위로 소식 주세요.
일 분도 며칠처럼 느껴질 테니까요.
아, 그런 식으로 생각하면 나의 로미오를 다시 볼 때까지 꽤 오래 기다려야 하겠네요.

로미오: 잘 있어! 내 사랑.
할 수 있는 한, 언제나 소식을 전할게.

▷▷

줄리엣: 우리가 다시 만날 수 있을까요?

로미오: 당연하지. 그리고 다음번 만날 때 지금 슬픈건 모두 이야깃거리가 될 거야.

줄리엣: 아, 왜 이리 불길한 느낌이 들까. 아래로 이렇게 내려가니, 자기가 꼭 무덤 속에 시체처럼 보여요. 눈앞이 흐려, 안색이 창백해 보여요.

로미오: 날 믿어, 내 사랑. 자기도 창백한거 같아. 슬퍼서 기운을 차릴 수가 없네. 잘 있어, 잘 있어.

로미오와 줄리엣, 3.5

실비우스: 심부름 왔어요, 멋진 청년.
착한 피비가 이걸 당신에게 갖다주라더군요. 내용은 알 수 없지만, 아마 그 편지를 쓸 때 그녀가 인상을 쓰고 거칠게 행동한 것으로 보아 화를 내는 내용일 거 같아요. 죄송합니다. 전 그저 전달만 할 뿐, 아무 죄가 없어요.

로잘린드: 아무리 인내의 여신이라도 이 편지를 보면 깜짝 놀라서 싸울 것 같아. 이걸 참는다면 못 참을 게 없을 거야. 내가 못생기고 무례하다고 쓰여 있네. 내가 오만해서 도저히 나같은 사람을 사랑할 수 없다는군. 남자가 불사조만큼이나 귀하다고 해도 말야. 맙소사. 그 여자의 사랑 따위 내가 알게 뭐야. 그런데 왜 이런 편지를 써 보낸 거지? 저기, 양치기 총각.
당신이 이 편지를 꾸민 거죠?

실비우스: 천만에요. 전 편지 내용을 전혀 몰라요. 정말 피

▷▷

비가 썼어요.

로잘린드: 이런, 이런, 바보 같으니. 사랑에 미쳐서 사리 분간을 못 하는군요. 그녀의 손을 보았죠. 손이 동물 가죽 같고 바위색이더군요. 낡은 장갑을 끼고 있는 줄 알았는데, 알고 보니 그녀의 손이었어요. 하녀의 손 같더군요. 그건 아무래도 상관없어요. 다시 말하지만, 이 편지는 피비가 쓴 게 아니에요. 내용이나 필체로 보아 남자가 쓴 겁니다.

실비우스: 정말로 피비가 썼다니까요.

로잘린드: 봐요, 이 거칠게 휘갈긴 문체를. 문체가 도전적이잖아요. 나한테 싸움을 거는 것 같아. 기독교인에 대항하는 터키인들처럼. 여자의 부드러운 머리에서는 이렇게 난폭한 생각과 에티오피아인 같은 무서운 단어가 나올 수 없는 법이죠. 표현이 조잡하고 내용은 더 거칠

▷▷

더군요. 편지 내용 한번 들어 보겠어요?

실비우스: 그럴게요. 내용을 모르거든요. 피비의 매정한 성격에 대해선 소문이 나 있지만요.

로잘린드: 정말 피비답군. 그 폭군이 쓴 편지를 잘 들어 봐요.

(읽는다)

당신은 신이 목동으로 변하여, 이토록 처녀의 마음을 애태우나요?

여자가 과연 이런 모욕을 할 수 있나요?

실비우스: 그걸 모욕이라고 할 수 있을까요?

로잘린드: (읽는다)

▷▷

어찌하여 당신을 신성을 버리고, 여자의 마음을 괴롭게 하시나요?

이런 악담을 들어본 적이 있나요?

남자들의 구애를 받아도, 난 상처를 받은 적이 없었어요.

날 아예 짐승으로 여기는군.

당신의 반짝이는 눈에 서린 경멸조차도 내 마음에 사랑을 불러일으키는데, 하물며 당신이 부드러운 눈길로 바라봐 주면 얼마나 신기한 효과가 생길까요? 당신이 야단칠 때조차도 난 당신을 사랑했는데, 당신이 애원이라도 하면 어떻게 될까요?
이 편지를 전하는 사람은 나의 이런 사랑을 알지 못하니, 당신의 결심을 그를 통해 보내 주세요. 모든 것을 드리겠

▷▷

다는 나의 진심을 당신의 젊음과 친절로 받아 줄 수 있는지 말이에요. 내 사랑을 거절하신다면, 차라리 죽는 방법이나 생각해 보겠어요.

실비우스: 어떻게 이걸 욕설이라고 하나요?

실리아: 아 불쌍한 양치기!

로잘린드: 넌 이 양치기가 불쌍하니? 이 사람은 동정받을 자격도 없어.

이런 여자를 사랑할 거에요? 마치 당신을 악기 삼아서 형편없이 연주하는 여자를 말이에요? 도저히 참을 수 없네요! 사랑이 당신을 길들여진 독사로 만들었군요. 어서 돌아가서 내 말을 전해요. 나를 사랑하려거든 당신이나 사랑해 주라고.

만일 싫다고 하면 나는 두 번 다시 그 여자를 만나 주지

▷▷

않을 거예요. 당신이 간청하면 모를까. 당신이 그 여자를 진정으로 사랑한다면 아무 말 말고 어서 가세요. 여기, 누가 오나 보네.

뜻대로 하세요, 4.3

프로테우스: 줄리아를 떠나는 건 맹세를 저버리는 게 아닐까. 아름다운 실비아를 사랑하는 것 또한 맹세를 저버리는 게 아닐까. 친구를 저버리는 것도 맹세를 저버리는 짓! 나를 처음 맹세하게 한 힘이 지금 삼중으로 맹세를 저버리게 하는구나.

사랑이 맹세라고 부추겨 놓고, 이제는 저버리라고 부추기고 있어. 아, 유혹적인 사랑이여, 나에게 변명하는 방법을 가르쳐 줘!

처음에 난 반짝이는 별을 숭배했어. 이제 나는 하늘의 태양을 숭배해. 조심하지 않고 했던 맹세는 조심하면서 저버릴 수 있을 거야. 지혜를 통해 나쁜 것을 좋은 것으로 바꿀 결심을 하지 못하는 사람은 어리석은 사람.

아이고, 아이고. 그녀를 안 좋게 말하다니, 경솔한 말이로구나! 수천 번도 더 마음을 확인하고 맹세하면서 그녀를 숭배하지 않았던가?

사랑을 저버릴 순 없어. 하지만 저버릴 수밖에 없지. 그

▷▷

래야 옛사랑을 버리고 새 사랑을 하게 되니까.
그럼 줄리아를 잃고, 친구인 발렌타인도 잃겠지. 하지만 그들을 버리지 않으면 나 자신을 잃어. 두 사람을 잃으면 발렌타인 대신 나 자신을 얻고, 줄리아 대신 실비아를 얻게 될 거야.
나에겐 친구보다 나 자신이 더 소중해. 사랑이란 언제나 그 자체로 소중하지 않은가? 실비아를 아름답게 만든 하늘을 봐. 에티오피아인처럼 검은 줄리아를 봐.
줄리아가 살아 있다는 사실을 잊을 거야. 그녀에 대한 사랑이 죽었다고 생각하자. 그리고 발렌타인을 적으로 돌리고 실비아를 더 좋은 친구로 삼는 걸 목표로 삼자.
발렌타인을 배반하지 않고서는 나 스스로에게 충실하다고 할 수 없어. 발렌타인은 오늘 밤 줄사다리를 타고 신성한 실비아의 방 창문에 올라갈 거야.
그는 경쟁자인 나에게 조언을 구했어. 이제 실비아의 아버지에게 알려야지. 둘이 변장하고 도망치려 한다고 말

▷▷

야. 그럼 그분은 화를 내면서 발렌타인을 추방하겠지.
딸을 투리오 경에게 시집 보낼 생각이니까.
발렌타인이 추방되고 나면, 교활한 술수로 재빨리 투리오의 어리석은 계획을 방해해야지.
사랑아, 이 계략을 짜도록 지혜를 빌려주었듯이, 목표를 이룰 수 있도록 내게 날개를 빌려주렴.

베로나의 두 신사, 2.6

사랑이 당신을 길들여진 독사로 만들었군요.

뜻대로 하세요, 4.3

베아트리체: 정말 의외에요. 저도 당신을 가장 사랑합니다. 하지만 제 말을 믿지는 마세요. 그런데 이 말은 거짓말이 아니에요. 아무 고백도 하지 않고 그 고백을 부정하지도 않겠어요. 사촌 동생이 불쌍해요.

베네디크: 이 칼에 걸고 당신을 사랑한다고 맹세해요.

베아트리체: 그런 맹세는 하지 마세요. 아무 말 마세요.

베네디크: 정말 이 칼에 맹세하건대, 당신은 나를 사랑하고 있어요. 그리고 내가 당신을 사랑하지 않는다고 말하는 사람이 있다면 나는 이 칼의 맛을 보여 줄 거에요.

베아트리체: 그 말을 도로 삼키지나 마세요.

베네디크: 아무리 좋은 양념을 쳐도 다시 삼킬 수는 없어

▷▷

요. 당신을 정말로 사랑해요.

베아트리체: 주여, 저를 용서하소서.

베네디크: 무슨 죄를 졌나요, 어여쁜 베아트리체?

베아트리체: 때마침 제 말을 잘 막아 주셨네요.
당신을 사랑한다 말할 뻔했어요.

베네디크: 온 마음을 다해 날 사랑해 줘요.

베아트리체: 온 마음을 바치고 나니, 내 가슴엔 남은 게 없네요.

베네디크: 자, 말해 봐요.
당신을 위해서라면 뭐든지 하겠어요.

▷▷

베아트리체: 클로디오를 죽여 주세요.

베네디크: 아, 그것만은 안 돼요.

베아트리체: 안 된다고 하시는 건 절 죽이시는 거에요. 가겠어요.

헛소동, 4.1

이걸 사랑이라고 하지 말아요, 사랑은 하늘로 달아났어요.
지상에서 땀으로 범벅된 욕정에게 이름을 빼앗겨서요.
욕정은 순진한 척하면서 싱싱한 아름다움을 먹어치우곤,
그 아름다움을 비난으로 더럽히죠.
달아오른 욕정은 아름다움을 더럽히고 나서는 강탈했어요.
애벌레가 연한 잎을 갉아먹듯이.

사랑은 비 갠 후 햇살처럼 산뜻하죠.
반면 욕정은 해가 진 후의 폭풍우 같아요.
사랑의 부드러운 봄날은 언제나 신선하지만,
욕정의 겨울은 여름이 절반도 가기 전에 엄습해요.
사랑은 과식하지 않지만, 욕정은 죽을 때까지 먹어 대죠.
사랑은 온전히 진실하지만, 욕정은 완전히 거짓이에요.

비너스와 아도니스, 793-804

라이샌더: (깨어난다)

소중한 그대를 위해서라면 불 속에라도 뛰어들겠어! 눈부신 헬레나! 조물주의 솜씨로 그대의 마음이 드러나는군! 드미트리우스는 어디 있지? 아, 그 흉악한 이름, 내 칼에 죽어 마땅할 이름은!

헬레나: 그런 말 마세요. 라이샌더, 그만해요. 그가 허미아를 사랑하면 어때서요? 참, 말도 안돼. 허미아는 라이샌더를 사랑하잖아요. 그럼 됐잖아요.

라이샌더: 허미아로 만족하라고? 천만에. 그 애와 지낸 일은 생각만 해도 지겨워. 내가 사랑하는 사람은 허미아가 아니라 헬레나야. 까마귀를 비둘기와 바꾸지 않을 사람이 어디 있겠어? 남자의 욕망은 이성이 지배하지. 나의 이성이 그대가 더 훌륭하다고 하고 있어.

모든 것은 때가 올 때까지 익지 않아. 나도 그래. 내 이성

▷▷

은 이제까지 덜 익었어. 그런데 이젠 식별력이 정점에 이르게 되어 이성이 내 욕망을 조절하면서 그대의 눈 속으로 나를 데려다준 거야. 그대의 두 눈에 가장 귀중한 사랑의 책자에 쓰인 사랑 이야기가 보여.

헬레나: 뭣 때문에 나는 이렇게 심한 수모를 겪을까? 내가 이런 수모를 겪을 일을 당신에게 했던가요? 너무해, 정말로 너무해요. 드미트리우스의 다정한 눈길을 한번도 받아 본 적이 없는 것도 원통한데, 당신마저 나를 부족하다고 수모를 주나요?

정말 너무하는 거야. 너무해요. 그렇게 경멸하는 태도로 구애를 하다니. 그만 가겠어요. 사실 난 당신이 좀 더 좋은 사람인 줄 알았어요. 아, 한 남자한테서는 버림받고, 다른 남자에게선 수모를 당하다니!

(나간다)

▷▷

라이샌더: 헬레나가 허미아를 보지 못했군. 허미아, 거기서 잠들길. 다시는 내 곁에 얼쩡대지 마. 아주 단 음식을 너무 먹으면 위가 지겨워 뒤집히지. 이단에 빠졌던 사람이 깨달음을 얻으면 잘못 믿어 온 그 이단을 엄청 증오하게 되고. 허미아, 네가 그래. 너는 지겹게 먹은 음식이자 이단 같아. 세상 모두가 널 미워한다 해도 나만큼은 아닐걸! 이제 난 온 힘을 다해 헬레나를 숭배하고 사랑과 정열로 그녀의 기사가 될 거야!

한여름 밤의 꿈, 2.2

5장

사랑과 욕정의 몸짓

사랑하는 사람들은 다른 연인들을 보며 힘을 얻죠.

뜻대로 하세요, 3.2

제가 아는 베니스 아가씨는 그분에게 키스할 수만 있다면
아마 맨발로 팔레스타인까지 걸어갔을 거예요.

오셀로, 4.3

그대의 입술에는 마법이 들어 있군.

헨리 5세, 5.2

소네트 154

옛날에 작은 사랑의 신이 마음에 불을 붙이는 횃불을,
곁에 두고 잠자고 있었죠.
이때 순결을 맹세한 물의 요정 여럿이,
사뿐사뿐 그곳을 지났죠.
그중에서 가장 아름다운 요정이,
많은 진실한 연인의 마음을 달군 횃불을 집어 들었어요.
그러자 불타는 정열의 사령관이 잠을 자다가,
처녀의 손에 무장해제되어 버렸죠.
처녀는 그 횃불을 근처 차가운 샘물에 꺼 버렸는데,
그 샘은 사랑의 횃불 덕분에 영원히 뜨거워져,
온천이 되고 환자를 치료하는 명약이 되었어요.
내 연인에게 푹 빠진 나는,
치료하러 갔다가 한 가지 사실만 깨닫고 돌아왔죠.
사랑의 불은 물을 데울 수 있지만, 물은 사랑을 식힐 수 없다는 것을.

너는 어쩌면 그리 고집이 세고, 부싯돌같이 완고하고, 강철 같이 딱딱하니?
아니, 부싯돌보다 더 하잖아. 부싯돌도 비를 맞으면 무르니까.
여자의 아들이면서도 사랑하는 것이 뭔지, 사랑 못 받는 것이 뭔지 못 느끼니?
아, 너의 어머니가 이처럼 완고한 마음을 가졌다면,
너를 낳지 않았을 거고 자식 없이 죽었을 거야.

난 도대체 뭐니, 네가 이리도 나를 경멸하니.
내 사랑이 뭐 그리 엄청나게 위험하니?
동정심에 키스 한 번 해 주면 입술이 부르트기라도 하니?
얘, 말해 봐. 하지만 아니야. 좋은 말만 해 줘. 좋은 말 아니면 아무 말 마.
키스 한 번만 해 줘, 내가 도로 갚을게.
이자로 한 번 더 줄게. 두 배로 받길 원하면.

비너스와 아도니스, 199-210

그녀는 미인이야. 그러니 남자들이 구애하겠지.
그리고 그녀도 여자이니 설득될 수 있겠지.

헨리 6세 1부, 5.3

사랑에 빠졌던 사람, 그 누가 첫눈에 반하지 않았으리.

뜻대로 하세요, 3.5

6장

사랑의 고통과 아픔

소네트 52

나는 부자에요. 행운의 열쇠를 사용해,
감춰 둔 보물을 어느 때고 볼 수 있으니까요.
부자는 보물을 매시간 꺼내 보지는 않죠.
드물게 보는 즐거움을 무디게 하지 않으려고요.
잔치도 오랜만에 열려야,
장엄하고 또 귀하기도 하잖아요.
드물게 박힌 보석들처럼,
또는 목걸이 중앙의 보석처럼요.
그대를 간직하는 시간은 나의 보석 상자 같고,
또는 숨겨 둔 자랑거리를 새로 꺼내어,
특별한 순간에 더욱 특별한 기쁨을 준비하려고,
화려한 옷을 감추어 둔 옷장 같아요.
아, 축복받은 그대, 그대는 너무도 훌륭해,
만나면 환희를 주고, 못 보면 희망을 주는군요.

사랑한다는 남자의 맹세를 듣느니,
까마귀 보고 짖는 개 소리를 듣겠어요.

헛소동, 1.1

소네트 102

내 사랑은 약해진 듯하지만 강해요.
내 사랑은 작아진 듯하지만 줄지 않았어요.
누군가 자기 사랑이 얼마나 고귀한지 스스로 떠벌린다면,
그런 사랑은 상품과 다름없어요.
봄에, 우리가 사랑을 시작했을 때,
나는 우리의 사랑을 노래로 맞이했죠.
마치 밤꾀꼬리가 초여름에 노래 부르다,
한여름이 되면 그치는 것같이.
그건, 여름에 노래하는 것이,
밤에 조용하고 슬프게 노래하는 것보다 싫어서가 아니에요.
나뭇가지마다 음악이 요란히 퍼지면,
고운 소리도 흔해져 그 진귀함을 잃기 때문이죠.
그렇기에 밤꾀꼬리처럼, 나도 가끔은 침묵한답니다.
나의 노래 때문에 그대가 지루해할까 봐서요.

남자의 맹세는 곧 여자에 대한 배신이다!

심벌린, 3.4

무엇보다 네 자신에 충실하도록 해.
이 한 가지만 지키면 낮이 가면 밤이 오듯이,
넌 아무에게도 잘못된 일을 하지 않을 거야.

햄릿, 1.3

소네트 88

그대가 나를 하찮게 여기고,
나의 장점을 우습게 여길 때라도,
나는 그대의 편에 서서 나 자신과 싸우고,
그대가 위증하더라도 그대가 옳음을 입증할 거에요.
나는 내 약점을 잘 알기에, 그대 편을 들어,
내가 숨겨 두었던 나의 결점을,
이야깃거리로 만들 수 있을 거에요.
그대가 나를 버려서 큰 영광을 얻는다면,
그건 내게도 이익이 될 거에요.
나의 사랑하는 마음을 모두 그대에게 드리므로,
나 자신에게 주는 상처가 그대를 이롭게 한다면,
나는 갑절의 이익을 볼 거에요.
이런게 나의 사랑이죠. 이토록 나는 그대의 소유이니,
그대의 이익을 위해, 나는 어떤 손해도 견딜 거에요.

소네트 86

그 사람이 정말로 소중한 그대에게,
위대한 시를 바쳤기 때문일까요?
그의 시는 자랑스레 펼쳐진 돛과 같지만,
제 오래된 생각은 머릿속에서 사라져 버리는군요.
제 생각이 자라난 요람은 무덤이 되어 버렸네요.
신들이 그에게 초인적인 능력을 주어서 제가 죽은 것일까요?
아니에요. 제 시를 놀라게 한 것은 그 사람도 아니고,
밤마다 그 사람을 도와주는 동료들도 아니죠.
저를 침묵시킨 승리자는 그 사람이 아니고,
그를 찾아와 지혜로 홀리는,
사근사근하고 스스럼없는 밤의 정령도 아니에요.
그들은 조금도 두렵지 않아요.
그러나 그대가 그 사람의 시에 관심을 기울인 순간,
제 시는 주제를 잃고 무력해졌어요.

프로테우스: 아, 사랑은 그런거지. 진정한 사랑은 말로 표현 못 하지. 진실은 말보다 행동에 나타나니까.

(판티노 들어온다)

판티노: 프로테우스 도련님, 도련님을 기다리고 있어요.

프로테우스: 그래. 갈게, 갈게.
아! 이 작별이 연인들을 불쌍한 벙어리로 만드는구나.

베로나의 두 신사, 2.2

소네트 44

내 육체가 무거운 원소가 아니라 생각으로 이루어졌다면,
이 야속하게 먼 거리도 나는 개의치 않았을 거에요.
그렇다면 공간에 매이지 않고,
나는 멀고 먼 그대 있는 곳으로 달려갔을 거에요.
내가 서 있는 곳이, 그대 있는 곳에서,
가장 먼 곳이라 한들 상관없어요.
민첩한 생각은 그대가 있을 만한 곳이 떠오르면,
바다와 육지를 뛰어넘을 수 있을 거에요.
하지만, 아! 생각하니 오히려 괴로워요,
나는 당신 있는 곳에 단숨에 날아갈 수 있는 생각이 아니고,
그저 물과 흙으로 만들어져,
신음하며 시간이 가는 것을 기다리는 처지이니.
이토록 느린 원소가 내게 준 것은 오직,
슬픔의 상징, 굵은 눈물방울뿐이네요.

소네트 57

당신의 노예인 제가, 당신의 부름을 기다리는 일 외에,
달리 무엇을 할 수 있을까요?
당신이 부르시기 전까지는,
저는 시간이 딱히 소중하지도 않고 할 일도 없어요.
저의 주인이시여, 당신을 기다리며 시계를 보는 동안,
저는 한없는 지루함을 감히 불평하지 못하고,
당신이 제게 일단 가라고 하실 때,
당신 없는 고통을 힘들어하지도 않을게요.
당신이 어디 있을까, 무엇을 할까.
질투하는 심정으로 묻지도 않을게요.
슬픈 노예처럼 가만히 앉아서 당신이 가는 곳마다,
사람들을 얼마나 행복하게 할지를 생각하면서요.
사랑은 당신에게 복종하는 충직한 바보라,
무엇을 하시든 나쁘게 생각지 않게 하네요.

이것이 사랑의 계보인가요.

뜨거운 피, 뜨거운 생각, 뜨거운 행동이요?

아, 이런 것들은 독사의 특징이죠.

사랑은 독사에게서 왔을까요?

트로이러스와 크레시다, 3.1

소네트 64

세월의 잔인한 손길에 상하여,
옛적에 호화롭던 사치가 낡아 매몰된 것을 볼 때,
한때 하늘 높이 솟았던 탑이 무너지고,
견고한 동상이 인간의 분노에 희생된 것을 볼 때,
굶주린 바다가 해변가 왕국으로 밀려와 육지를 침범하고,
바닷물이 빠지면 견고한 육지가 바다를 잠식하듯이,
한쪽이 얻으면 다른 쪽이 잃고,
한쪽이 잃으면 다른 쪽이 얻는 것을 볼 때,
이렇게 뒤바뀌는 양상이나,
형세가 저절로 쇠락할 수밖에 없는 것을 볼 때,
폐허 속에서 나는 깨달아요.
시간이 결국 그대를 빼앗아 갈 거라고.
이런 깨달음에 나는 죽을 거 같아요.
그대를 잃을까 봐 두려워, 눈물만 나네요.

소네트 83

저는 그대가 화장을 해야 한다고 생각한 적 없어요.
그래서 그대의 아름다움에 덧칠을 한 적이 없죠.
저는 알았죠(아니면 안다고 믿었죠). 그대는,
시인이 의무로 쓴 메마른 헌시로 그려질 수 없다는 것을.
그래서 그대를 찬양하기를 그쳤어요.
오늘날의 필치가 그대의 고귀한 가치를,
묘사하기에 턱없이 부족하다는 것을,
살아 있는 당신의 존재가 보여 줄 것이기에.
저의 침묵을 그대는 죄로 여기셨지만,
차라리 입을 다무는 것이 가장 영광스러워요.
제가 침묵함으로 그대의 아름다움을 해치지 않을 때,
다른 이들은 찬양을 하려다 오히려 망쳐 버리네요.
시인 두 사람이 용케 쓴 찬사보다 더 많은 생명이,
그대의 아름다운 두 눈에 담겨 있어요.

하지만 사랑에도 때가 있단다. 내 경험으로 미루어 보아, 애정의 불꽃도 때에 따라 좌우되는 법이야.

햄릿, 4.7

소네트 80

아! 그대에 대해 쓸 때면 힘이 빠져요.
저보다 더 재능 있는 사람이 그대의 이름을 쓰면서,
온 힘으로 그대를 찬양하는 것을 알기 때문에.
저는 그대의 명성을 말하다가도, 말문이 막혀 버려요.
하지만 그대의 아량은 대양처럼 넓어서,
미천한 항해자도, 교만한 항해자도 포용하시니,
그의 배보다 훨씬 못한 저의 무례한 작은 배도
그대의 넓은 바다에 뻔뻔하게 다니죠.
그가 아득히 깊은 그대의 바다를 항해할 때,
저는 그대가 조금만 도와줘도 뜰 거에요.
그는 위풍당당하고 멋진 선박이지만,
(부서지면) 저는 보잘것없는 배가 되겠죠.
그러니 그가 승승장구하고 제가 버려지면,
사랑 때문에 침몰하며 끝나 버리겠죠.

비너스, 내 손을 너무 꽉 쥐어서 아프잖아요.
저리 가요. 이런 허투른 소재로 쓸데없는 말 그만 해요.
내 마음은 움직이지 않으니, 당신은 집착 좀 버려요.
사랑으로 아무리 공격해도 내 마음의 문은 열리지 않아요.
당신의 그 맹세, 거짓 눈물, 아부하는 말에도, 굳센 내 마음은 흔들리지 않아요.

비너스와 아도니스, 421-426

소네트 75

그대는 생명을 지키는 음식 같고,
대지를 살찌우는 단비 같아요.
그대가 주는 평안함을 가지려 애쓰는 나는,
마치 재산 걱정으로 안달하는 구두쇠 같아요.
자신이 가진 보물에 우쭐하면서도,
이 도둑 같은 세상이 보물을 훔쳐 갈까 봐 두려워하죠.
나는 그대와 단둘이 있는 것이 제일 기쁘다가도,
세상 사람들에게 내 기쁨인 그대를 보여 주고 싶기도 해요.
그대를 여한 없이 보고 나서도,
곧이어 또 보고 싶어 안달이 나요.
나는 그대가 주거나 그대에게서 얻은 기쁨 말고는,
그 어떤 것도 없고, 가지려 하지도 않아요.
이처럼 나는 매일 굶주림과 폭식 사이를 오가죠.
온종일 굶거나 온종일 먹어 대면서.

사랑은 우연히 생기는 것.
큐피드가 어떤 사람은 화살로 잡고,
어떤 사람은 덫으로 잡나 봐.

헛소동, 3.1

소네트 141

저는 진정 눈으로는 그대를 사랑하지 않아요.
눈은 그대의 수많은 잘못을 보기 때문이에요.
하지만 마음으로는 눈이 멸시하는 것들을 사랑하죠.
어떻게 보이든 상관없이 너무나도 사랑해요.
저의 귀도 그대가 내는 소리를 즐기지 않고,
저의 피부도 저속한 자극을 원하지 않고,
미각도, 후각도, 그대와 함께하는,
육체적인 향연에 초대받길 원치 않아요.
하지만 저의 지성과 오감으로도,
저의 어리석은 마음이 그대를 추앙하는 것은 막지 못해요.
제 마음은 자신을 말리지 못하고 허수아비가 되어,
오만한 마음의 노예, 비천한 시종이 되고 마네요.
이런 고통을 저는 혜택이라고 생각할 뿐이에요.
사랑의 죄를 지은 제게 그녀가 주는 보상이니까요.

소네트 144

나에게는 위안과 절망이라는 두 연인이 있어요.
이들은 항상 나를 유혹하는 영혼 같아요.
착한 천사는 미남 청년이고,
나쁜 영혼은 검은 여인이에요.
이 나쁜 여인은 나를 빨리 지옥에 빠뜨리고,
내 곁에서 천사를 떼어 내려,
못된 교태로 꾀어서 천사를,
성자에서 악마로 타락시키려 하는군요.
내 천사를 이미 악마로 만들었을 것 같지만,
직접 말할 수는 없네요.
둘은 내 곁을 떠나 사귀었으니,
천사는 여인의 지옥에 빠졌겠죠.
하지만 도무지 알 수 없으니, 나는 의심하며 살 수밖에 없어요.
악마가 천사를 내쫓을 때까지는요.

큐피드는 장난꾸러기 소년
불쌍한 처녀들을 이렇게 미치게 하네.

한여름 밤의 꿈, 3.2

소네트 147

끈질긴 열병처럼, 내 사랑은 지속되어요.
고통이 심해지기를 갈망하면서,
병이 더 지속되는 것에 취해서,
불확실하고 미약한 욕망을 탐닉하죠.
상사병을 고치는 나의 이성은,
처방대로 안 한다고 화내며 가 버리고,
곧 나는 절망 끝에 알아차렸죠.
치료받지 않는 열병은 곧 죽음임을.
고치기엔 늦었고, 이성은 이미 떠나서,
영원히 만족을 모르는 욕정 때문에,
나는 미친 사람처럼 정신없이 말하고,
허무맹랑한 소리를 내뱉어요.
나는 당신이 밝게 빛나며 아름답다고 맹세했죠.
지옥처럼 검고, 밤같이 어두운 그대를요.

소네트 49

그날이 오겠죠.
그대가 내 모자람을 보고는 눈살을 찌푸리고,
공증인에게 감사를 청구해,
여태까지의 사랑을 모두 결산하겠다고 선언하는 날이.
그날이 오겠죠.
그대가 서먹서먹 내 곁을 지나고,
태양처럼 찬란한 눈길로 반기지도 않으며,
사랑이 변하여 확고하게 떠날 이유를 찾게 되는 날이,
그날이 올 거에요.
내가 여기서 꼼짝 않고 내 모자람을 인정하고,
손을 들어 나 자신에게 불리한 증언으로,
그대가 떠나는 것이 적법하다고 옹호할 날이.
법적으로 그대는 못난 나를 버려도 돼요.
나는 그대의 사랑을 받겠노라 주장할 어떤 근거도 없어요.

소네트 131

예쁘지도 않으면서 횡포를 부리는 그대는,
미모를 뽐내며 잔인하게 구는 다른 여인들 같아요.
그대를 열렬히 사랑하는 내게는,
자신이 가장 아름답고 귀한 보석임을 잘 알아 그러는 거죠.
하지만 그대를 본 사람들은 솔직하게 말하죠.
그대의 얼굴이 연인을 걱정시킬 만큼 예쁘진 않다고.
나는 그들이 틀렸다고 자신 있게 말은 못 하겠지만,
속으로는 그들이 틀렸음을 확신해요.
내 믿음은 틀리지 않아요.
그대의 얼굴을 생각만 해도 한숨이 천 번이나 나오며,
그 숨결들이 교대로 증언하죠.
그대의 검은 살결이 내게는 가장 아름답다고.
그대는 행실 외에는 아무것도 검지 않아요.
행실 때문에 이런 모함을 듣는 거에요.

저런, 보기에는 그토록 달콤한 사랑이, 사실은 그토록 포악하고 사나운 것일까?

로미오와 줄리엣, 1.1

소네트 140

그토록 모질게만 굴지 말고 좀 현명해지세요.
침묵하는 나의 참을성을 시험하지 말아 주세요.
그러다 슬픔이 나에게 말을 빌려줘 털어놓게 될 거에요.
내가 얼마나 그대에게 고통받는지.
그대에게 지혜를 줄 수 있다면 이렇게 가르쳐 줄게요.
나를 사랑하지 않아도 사랑한다고 말하라고요.
마치 죽음을 앞둔 초조한 환자가 의사한테서,
단지 건강하다는 말만 듣고자 하는 것과 같아요.
나도 역시 절망한다면 점차 미쳐 버려서,
그 광기 속에서 그대를 헐뜯을지도 모르겠어요.
게다가 모두 비뚤어진 지금 이 세상은 더욱 사악해져서,
미친 세상 사람들은 나의 미친 말을 믿어 버릴 거에요.
나는 미치고 싶지 않고 그대를 헐뜯기도 싫어요.
그대 오만한 마음이 다른 데 있다 해도, 두 눈은 나만 보세요.

그대가 있는 곳, 그곳이 바로 온 세상이며, 이 세상의 모든 기쁨이 깃든 곳일 겁니다. 반면, 그대가 없는 곳은 쓸쓸한 황무지일 것입니다.

헨리 6세 2부, 3.2

아, 의심 많은 사랑이여. 얼마나 이상한지, 믿지 않으면서도 너무나 쉽사리 믿는 사랑이여.
사랑의 기쁨과 슬픔은 각자 극단적으로 달리고 절망과 희망은 그대를 조롱하네.
희망은 그대가 가망 없다고 생각하면 아첨을 하고, 절망은 그대가 확신하면 재빨리 기를 죽이고 마네.

비너스와 아도니스, 985-990

소네트 151

사랑이 너무 어려 양심이 뭔지는 모르지만,
양심이 사랑에서 나오는 것을 누가 모를까요?
그러니 귀여운 거짓말쟁이, 내 잘못을 비난 마세요.
내 죄를 그대가 덮어쓸 수도 있으니까요.
그대가 나를 배반하니, 나의 고귀한 영혼이,
더러운 육체의 반역에 가담하는군요.
내 영혼이 육체에게 말하기를,
자기가 사랑에서 승리할 것이라고 하네요.
육체는 더 말이 나오기도 전에 그대 이름 듣자 일어서며,
그대를 자신의 전리품이라 하네요.
육체는 이렇게 우쭐대며 그대의 천한 시종이 되어서,
그대를 위해 일어서고 그대 옆에 눕기를 바라고 있어요.
그녀를 사랑이라 부름은 양심이 없어서가 아니라,
그 귀한 사랑을 위해 내가 일어서고 눕기 때문이에요.

왕: (읽는다)

그대 눈의 광채, 그 신선한 빛이, 내 뺨에 흘러내리는 어두운 눈물에 키스해 준 것은, 황금빛 태양이 장미 꽃잎에 맺힌 신선한 아침 이슬에 키스해 준 것보다도 달콤하군요.
그대 얼굴이 내 눈물을 뚫고 빛을 비춰 준 것은, 은색 달빛이 깊은 바다의 투명한 가슴팍을 뚫고 밝게 비추는 것보다도 훨씬 밝네요.
흘러내리는 눈물방울마다 그대가 비쳐, 그 눈물방울은 그대를 싣고 가는 마차가 되리. 그대 그렇게 달리니, 그대는 내 슬픔의 정복자. 내 속에 흘러넘치는 눈물의 홍수를 봐주세요. 홍수는 내 슬픔을 뚫고 그대의 영광을 보일 거예요. 그대 자신을 사랑하지 말아요. 내 눈물방울에 그대가 비쳐서 난 계속 울게 돼요.
아, 여왕 중의 여왕, 그대의 훌륭함은, 인간의 생각으로도, 인간의 말로도 다 표현할 수 없어요.

사랑의 헛수고, 4.3

아, 사랑의 봄날은 마치 변덕스런 4월 날씨 같아. 태양이 아름답게 비치다가도 갑자기 먹구름이 몰려와 모든 걸 덮어 버리니까.

베로나의 두 신사, 1.3.

바이올라: 그래도 사랑할 수 없다고 하면 어쩌죠, 공작님?

공작: 난 그런 답은 들을 수 없다.

바이올라: 하지만 들으셔야 합니다.

만약에, 가능성 있는 경우인데요, 공작님께서 올리비아 아가씨를 사랑하여 가슴을 앓듯이, 어떤 여인이 공작님을 사랑한다면, 공작님은 그 여인을 사랑할 수 없다고 대답하시겠죠? 그러면 그 여인은 도리없이 그 대답을 들어야 하지 않을까요?

공작: 여자의 가슴은 지금 내 심장 속에 소용돌이치는 강렬한 사랑의 열정을 감내할 수 없다. 여자의 마음이란 이렇게 벅찬 사랑의 정을 담을 만큼 크지 못해.

아! 여자들의 애정이란 욕망과 같아. 간에서 나오는 욕망이 아니라 입맛에서 나오는 욕망이야. 과식을 한다든

▷▷

가 속이 뒤틀리거나 토기를 일으키기 일쑤이지.
그러나 내 사랑은 달라. 바다처럼 갈망하지만, 얼마든지 소화할 수 있어. 여자가 내게 품은 사랑을 내가 올리비아에게 품은 사랑과 아예 비교하지 마라.

바이올라: 하지만 저도 알고 있습니다.

공작: 뭘 안다는 말이지?

바이올라: 여자의 사랑이 어떤 건지 너무 잘 알아요. 실제로 여자의 진심은 우리 남자들 못지않습니다.
제 아버지에겐 딸이 하나 있었는데, 어떤 남자를 사랑했죠. 아마 제가 여자고 상대가 공작님이라면 그렇게 사랑했을 것입니다.

공작: 그래, 그 여자는 어떻게 되었지?

▷▷

바이올라: 아무 일도 없었어요. 공작님.
그 애는 마음을 털어놓지 못했어요.
가슴속에 묻어 둔 채, 벌레가 꽃봉오리를 파먹듯 상사병으로 장밋빛 두 뺨이 야위어 갔죠. 몸은 수척해지고 깊은 우울감에 빠져서 마치 돌로 깎아 다듬은 인내의 석상처럼 슬프게 미소 짓고 있었답니다. 이것이야말로 진짜 사랑 아닐까요?
우리 남자들은 입으로만 맹세를 잘하지만, 마음보다는 보이는 게 중요하죠. 맹세는 거창하게 하면서도 마음은 중시하지 않아요.

공작: 그래, 여동생은 상사병으로 죽었는가?

바이올라: 제가 아버지의 유일한 자식이랍니다. 아직 잘 모르겠어요.

열두 번째 밤, 2.4

베로네: 세상에, 내가 사랑에 빠져 버리다니.

사랑을 길들이던 회초리이자, 그리움의 한숨을 벌주던 내가, 큐피드를 가르치는 무서운 선생이던 내가! 누구보다도 나는 당당한 사람이었는데!

큐피드. 이놈의 애늙은이, 머리통만 큰 난쟁이, 변덕스럽고 징징대고, 제멋대로이며 눈이 먼 나쁜 놈!

큐피드, 너는 연애시의 지배자, 팔짱끼고 관망하는 영주, 한숨과 신음의 왕, 건달과 불평쟁이의 황제, 속치마의 군주, 남자 거시기 가리개의 왕, 으쓱대는 법원 소환관과 같다.

아! 나의 작은 심장이여, 내가 큐피드의 부관이 되어 곡예사같이 알록달록한 깃발을 몸에 감아야 하다니!

뭐라고? 내가 사랑을 하고! 청혼을 하고! 아내를 구한다고! 여자라는 존재는 독일제 시계처럼 걸핏하면 고쳐야 하고, 맨날 고장 나도 멀쩡한 척해서, 잘 작동하는지 지켜봐야 하는데!

▷▷

아니다. 맹세를 깨뜨리는 건 가장 나쁜 일. 셋 중에 가장 못난 여자를 사랑하다니. 번드르한 눈썹에 희멀건 얼굴, 눈이랍시고 이마에 새까만 공이 두 개 박혀 있지.
정말이지 수백 개의 눈에 감시를 당해도 그녀는 그 짓거리를 하고 말 거야. 그런데 내가, 그녀 때문에 한숨 쉬고, 밤잠도 자지 않고, 기도까지 드리며 애태워야 하다니! 이건 큐피드가 자신의 절대 권세를 무시했다고 내게 준 형벌이야.
그러니 난 사랑하고, 연애편지를 쓰고, 한숨 쉬고, 기도하고, 애걸하고, 신음할 거야. 귀부인을 사랑하는 사람이 있으면, 못난이를 사랑하는 사람도 있는 법이지.

사랑의 헛수고, 3.1

종장

사랑의 끝

레어티즈: 그리고 햄릿 왕자님 말인데, 그분의 장난기 어린 호의는 그저 한때의 기분, 젊음의 객기라고 받아들이면 좋겠다.

봄철에 일찍 피는 바이올렛 같은 꽃은 일찍 피기는 하지만 금방 시들고, 아름답지만 오래가지 못한단다. 향기도 그때뿐. 금방 날아가지.

오필리어: 그뿐일까요?

레어티즈: 그뿐일거라 생각해.

사람이란, 성장할 때 몸집만 늘어나는 게 아니야. 마음과 영혼도 함께 성장하지.

지금이야 그가 너를 사랑하는 마음이 진심이고 절대 거짓이 아니겠지. 하지만 걱정되는 건 그분의 지위야. 마음이 있다고 뜻대로 되지는 않아.

태어나기를 고귀한 몸이라 평범한 사람들과는 달리 마

▷▷

음대로 할 수 없는 분이야. 누구를 배우자로 정하는가에 온 나라의 흥망성쇠가 달려 있단다.
그러니까 그 분의 선택도 그분을 섬기는 백성들의 찬반에 달려 있어. 지금은 비록 너를 사랑한다 하시더라도 너무 심각하게 받아들이지 않는 것이 좋단다. 덴마크 국민 모두가 동의를 해야 비로소 자기가 한 말을 지킬 수 있는 몸이니.
그분이 부르는 달콤한 노래를 믿어 마음이 흔들리거나, 그분이 무턱대고 졸라 댄다고 너의 귀한 정조를 허락한다면, 네 명예는 더럽혀질 것임을 명심해. 꼭 조심해라, 오필리어. 조심해, 내 동생.
사랑을 경계하여 저만치 물러서서 욕정의 과녁이 되지 않게 조심해. 정숙한 처녀도 달님 앞에 아름다움을 드러내면 정말로 방만해진단다.
정숙함이란 으레 세상의 입방아에 오르내리지. 봄철의 여린 꽃송이는 피기도 전에 봉오리에 벌레가 쑤시고 들

▷▷

어가고, 청춘의 아침 이슬 싱싱할 때, 독기 어린 바람이 금세 불어온단다.
그러니 조심해라. 안전이 제일이야. 젊을 때는 누가 옆에서 건드리지 않아도 자신의 발에 걸려 넘어질 수 있단다.

햄릿, 1.3

아도니스가 죽었으니, 아, 장차 이런 일들이 벌어지리라. 사랑이 지나면 슬픔이 오리라. 사랑에는 질투가 따라다닐 것이고, 처음엔 달콤해도 나중에는 쓰라릴 것이다.
절대로 안정되지 않고, 왔다 갔다 할 것이다. 사랑의 온갖 기쁨도 사랑의 슬픔에는 견줄 수 없을 것이다.

사랑은 변덕스럽고, 거짓되고 속임수로 가득 찰 것이다. 솟아났다가 순식간에 시들어 버릴 것이다. 밑바닥에는 독이 있지만, 위에는 가장 밝은 눈도 속이는 꿀이 덮여 있으리라. 아주 건강한 육체도 매우 쇠약해지고, 현명한 사람을 벙어리로 만들고, 바보를 달변가로 만들 것이다.

사랑은 인색하게 하고, 그러다가도 낭비하게 하리라. 주책없는 노인네를 우아하게 춤추게 하고, 거친 악당이라도 사랑을 곱게 간직하게 할 것이다. 부자들을 가난하게 하고 가난한 이들을 부유하게 할 것이다.

▷▷

사랑은 사람을 미치게 하고, 어리석고 온순하게 만들리라.
젊은이를 노인으로 만들고, 노인을 어린애로 만들리라.

사랑은 근거없이 의심을 품게 하고, 아주 못 믿을 사람도 경계하지 않게 하리라. 사랑은 사람을 자비롭게도 하고, 아주 가혹하게도 하리라. 가장 정직하게 보일 때에도 가장 위선적일 것이다.
가장 순종하는 것 같으면서도 고집을 부리고, 용맹한 사람을 겁쟁이로 만들고, 겁쟁이에게 용기를 주리라.

사랑은 전쟁과 무서운 사건들을 일으키리라. 아들과 아버지가 불화하게 하리라. 바싹 마른 물건에 불이 잘 붙듯이 모든 불만이 터져 나오리라.
죽음은 꽃다운 나이의 내 연인을 파멸시켰다. 그러니 사랑하는 자들은 사랑을 즐기지 못하리라.

비너스와 아도니스, 1135-1164

로잘린드: 요즘은 여자가 에필로그를 하는 것이 어울리지 않지만, 남자가 프롤로그를 하는 것보다 어울리지 않는다고 할 수는 없습니다.

좋은 술은 광고할 필요가 없듯이, 좋은 연극도 당연히 에필로그가 필요 없죠.

하지만 좋은 술을 팔기 위해 좋은 광고를 하듯이, 좋은 에필로그가 있으면 연극도 한결 좋아진답니다.

그런데 저는 어쩌면 좋죠. 저는 에필로그를 잘하지도 못하고 연극을 좋게 봐 달라고 여러분 비위를 맞출 수도 없으니 말이에요.

거지꼴도 아니면서 구걸하는 것은 어울리지 않겠죠. 그러니 제 방식대로 하겠습니다.

먼저 여성분들에게 시작하죠. 여성 여러분, 남자를 사랑하듯 이 연극을 맘껏 사랑해 주세요.

남성 여러분, 여자를 사랑하듯 이 연극을 맘껏 사랑해 주세요. 웃으시는 것을 보니 여자를 싫어하는 분은 한

▷▷

분도 없는 것 같습니다.

제가 만약 여자라면, 수염이 멋진 분들, 안색이 좋은 분들, 숨결이 역겹지 않은 분들에게 키스해 드리고 싶습니다. 그러니 멋진 수염이나 안색이 좋은 얼굴이나 견딜 만한 숨결을 가진 분들은 모두 제가 예의를 갖추어 인사를 드릴 때, 박수를 보내 주시기 바랍니다.

뜻대로 하세요, 에필로그

후기

울리히 베어

연인을 향한 노래, 연인에 대한 찬양, 연인에게 구애하는 말, 사랑의 맹세, 잃어버린 사랑, 짝사랑, 금지된 사랑, 애인의 부재에 대한 한탄. 이런 것들은 모든 문학 전통에 항상 존재한다. 서정시는 인간의 가장 깊은 생각을 대변하며, 비평가 헬렌 벤들러Helen Vendler가 셰익스피어의 소네트에 관해 언급했듯이, "고독한 언어에 담긴 마음"을 보여 준다. 이러한 시각은 시를 인간의 생각을 반영하고 묘사하는 고독한 표현 방식으로 보는 것이다. 서정시는 시인이 자기 자신과의 마음속 대화를 기록하며, 인간이라고 하는 특수한 존재와의 연계를 순간적으로 나타내는 것이라 할 수 있다. 그러나 사랑에 빠진 인간은 언제나 자신을 다른 사람들에게 드러내고자 하는 충동을 느끼기도 한다. 사랑에 빠지면 인간의 마음은 넘쳐 난다. 사랑을 성취하든지, 바라기만 하고 이루지 못하든지 상관없이, 사랑에 빠지면, 인간은 자신의 감정을 드러내고 이야기하고 싶어 한다. 윌리엄 셰익스피어William Shakespeare의 작품들에서 발췌한 이 작은 모음집은 사랑과 언어의 관계, 그리고 사랑의 경험과 높은 곳에 올라가 사랑을 외치고 싶어 하는 충동의 관계를 본질적으로 드러낸다. 셰익스피어 연구자인 스티븐 그린브라트Stephen Greenblatt는 셰익스피어의 일대기를 쓰면서 셰익스피어를 "윌"이라고 다정하게 지칭한 적이 있다. 내가 이 책을 만든 이유는 "윌"에 대한 사랑과 경외심 때문만은 아니다. 나는 이 책을 만드는 과정에서 셰익스피어의 작품들을 자세히 읽었다. 여러 작품 속에서 발췌한 부분을 하나의 책으로 엮어 내느라고 일관성이 지켜지지 않았다는 아쉬움도 존재한다. 그럼에도 불구하고 이 책을 출판하게 된 동기는, 언어의 힘을 빌려 표현된 사랑은 더 깊고 더 진실해서, 비록 오래 지속되지는 않는다 해도 우리에게 행복감을 주고 "편안함"을 준다고 믿기 때문이다(『한여름 밤의 꿈』에 나오는 라이샌더는 진정한 사랑이란 절대 행복하거나 편안한 것이 아니라고 했지만). 사랑을 표현하는 것은 사랑을 드러낸다는 의미에서 사랑을 더욱 진실하게 만든다. 더구나 흥분과 공감을 불러일으키는 셰익스피어의 언어는 사랑과 자기 표현을 연결하는 데 있어 독보적이다. 언어를 창조적으로 조형해 내는 셰익스피어의 능력은 짧은 대사라 하더라도 그 속에 너무도 많은 의미를 함축시킬 수 있다. 그런 그의 능력 덕분에, 우리는 이 책에서 전체 문맥 없이도 셰익스피어의 훌륭한 구절들을 이해할 수 있다. 마치 거대한 금광에서 채굴된 보석 하나만 보고도 그 속에서 불꽃처럼 빛나는 아름다움에 감탄하는 것처럼.

셰익스피어의 거대한 작품세계에서, 연극에 나타나는 사랑은 대개 육체적, 정신적, 정치적, 영적 권위에 필적하는 지배적인 힘이다. 그러나 모든 희극과 비극 작품 속에서 사랑이 성취되는 일은 거의 없다. 그린브라트가 지적했듯이, 셰익스피어는 격렬한 유혹, 구애, 그리움이라는 오래된 의미에 항상 관심을 쏟았다. 그래서 사랑을 하는 사람들은 어떤 작가보다도 셰익스피어의 작품에 나오는 멋진 언어를 활용할 수 있고, 목가적 희극인 『뜻대로 하세요』의 등장인물 자크가 말한 것처럼, "사랑에 빠진 사람은 / 불꽃처럼 뜨거운 한숨을 토하고 / 연인의 사소한 표정 변화에 슬픈 노래를" 부를 수도 있을 것이다. 셰익스피어가 사랑이라는 주제를 강조한 이유에 대하여, 그린브라트는 앤 해서웨이Anne Hathaway와의 불행한 결혼 생활에서 비롯되었다고 한다. 반면에 비평가인 벤들러와 해럴드 블룸Harold Bloom은 셰익스피어가 사랑을 갈망하는 인간의 정신과 마음의 상태를 표현하는 특별한 능력이 있었기 때문이라 한다. 그런데 이들의 평가는 나의 관심사가 아니다. 이 책을 통해 우리가 얻을 수 있는 흥미로운 결론은 사랑은 열정적인 자기표현이라는 점, 그리고 사랑은 고정된 상태가 아니라는 것이다. 트로이 전쟁을 배경으로 남녀의 사랑을 다룬 1602년 작품 『트로일러스와 크레시다』에서 크레시다는 트로일러스와의 첫 만남에서 "현명한 남자라면 / 사랑에 빠질 수 없죠"라고 말한다. 그 후 그녀는 사랑 덕분에 자기 자신에게 "솔직해지고" 이전에는 알지 못했던 진실을 알게 되었다고 말한다. 그녀는 "너무 흥분해서 아무 말이나 해서 / 나중에 후회할 게 분명해요"라고 한다. 크레시다는 자신이 사랑을 고백할 수밖에 없다는 사실을 인정할 수밖에 없었다. 셰익스피어는 사람들이 사랑에 빠지면 자신도 몰랐었던 자신의 일부가 드러난다는 것을 알려 준다. 사랑에 빠진 사람들에게 고백은 자아실현과 자기 창조의 행위이다. 셰익스피어의 작품이 400여 년이 지난 지금까지도 남아 있는 이유는, 그의 작품들이 사랑이라는 경험에 내재된 놀라운 자기 발견의 경험을 포착하고 있기 때문이다.

사랑의 감정은 때로는 너무 격렬해서 우리의 언어와 세상을 빼앗아 갈 수 있다. 『뜻대로 하세요』의 로잘린드는 이러한 사랑에 대해 독자에게 가장 잘 가르쳐 주는 인물이다. 해럴드 블룸은 로잘린드를 셰익스피어 작품에 나오는 인물 중 가장 강력한 여성이라고 높이 평가하였다. 블룸에 따르면, 로잘린드가 사랑의 상태를 타인에게 자신을 개방하는 것과 동일시하면서, 사랑할 때 인간이 어떻게 자기 자신이 될 수 있는지를 가르쳐 주었다는 것이다. 소년 가니메데로 변장한 로잘린드는 사랑하는 올란도에게 사랑을 표현하는 방법을 가르친다. 올란도는 나무에 사랑의 메시지를 새기지만, 그런 행동보다 더욱 진실하고 충만한 사랑의 표현을 할 수 있도록 해 주는 사람이 바로 로잘린드라는 사실을 모른다. 해럴드 블룸은, "사랑에 빠져 그 부조리함을 보고 느끼려면 로잘린드와 함께 학교에 다녀야 한다. 로잘린드는 놀랍게도 우리에게 다른 자아의 현실도 조화롭게 수용할 수 있도록 가르쳐 준다"라고 말한다. 여기서 중요한 사실은 다음과 같다. 셰익스피어가 생각한 것이든, 아니면 다른 사람이 생각한 것이든, 사랑에 대한 가르침은 절대로 완전한 것이 아니며 평생 지속되지도 않는다. 왜냐하면 그 가르침은 다른 사람들과의 만남에 공허

해하지 말고 편안해할 것을 일러 주기 때문이다.*

비극 작품들에서는 종종 사랑이 끔찍하게 파괴적이거나 맹목적으로 묘사된다. 셰익스피어가 1616년에 사망한 후 17세기에 출판된 최초의 작품집 중 하나인 소위 "달콤한 소네트"에서 사랑은 아주 밝거나 아주 어둡게 묘사되는 등 다양하게 나타난다. 전염병인 페스트로 인해 런던의 극장이 문을 닫았던 1593년에 셰익스피어가 처음으로 출간한 서사시 『비너스와 아도니스』에서 사랑은 파괴적으로 묘사된다. 또한 이 작품은 전통적인 젠더 이데올로기와 관습을 초월한다. 사랑의 여신 비너스가 사랑했던 아도니스가 사냥하러 갔다 사망하자, 비너스는 상실감에 빠진 나머지 인간들에게 사랑의 의심, 두려움, 슬픔을 경험하도록 한다. 셰익스피어는 사랑이 때때로 고통스럽고 맹목적이라는 것을 알고 있었다. 이는 비극 『오셀로』에서 데스데모나가 누명을 쓰고 남편에게 살해당하기 전에 불길하게 말하는 부분에 나타난다. "그이의 무정함이 내 생명을 앗아 갈 수는 있지만 / 내 사랑은 절대 더럽히지 못할

* Harold Bloom, *Shakespeare: The Invention of the Human* (New York: Riverhead Books, 1999).

거야." 로미오와 줄리엣의 사랑 또한 두 사람 모두의 목숨을 앗아 간, 우리가 동경하는 사랑이다. 하지만 사랑은 여러 등장인물을 타락시키고, 맹목적이거나 고상하게 만들기도 하는데, 이러한 양상은 특히 희극에서 나타난다. 사랑은 또한 그 자체로 언어의 원천이다. 사랑의 감정을 묘사하기 위해 이미지, 은유, 직유 등의 시를 쓰는 기법이 유기적으로 나타난다. 가령, 154편의 소네트 중 가장 유명한 소네트 18에서처럼 사랑을 "여름날"에 비유하는 논리는 그 자체로 사랑의 근본적인 양상이었다. 한편, 아무리 적절한 비교라도 항상 성공적일 수는 없다. 소네트 130의 "내 연인의 눈은 태양처럼 빛나지 않아요"라는 시구에서처럼, 시인의 "귀한 사랑"은 "거짓 아첨으로 비교되는 것"으로는 규정될 수 없다. 셰익스피어의 등장인물들은 사랑에 빠졌을 때, 단순히 자신의 사랑에 대해서만 말하지 않는다. 그들은 심지어 육체적으로 하나가 된 후라도 너무도 덧없이 사라져 버리는 사랑의 감정과 존재의 상태를 새로운 표현 방식으로 이야기하고 만들어 내어, 사랑을 현실적으로 드러내 준다. 셰익스피어의 등장인물들은, 사랑에 빠지면 말문이 막히고 수줍어하며 말을 잇지 못하는 모습을 보이기도 한다. 그러나 또 한편으로는 사랑에 빠진 상태로 인해 다양한 사랑의 맹세를 끊임없이 하면서 자신을 드러내는 행동을 한다.

이 작은 책은 셰익스피어에 이미 푹 빠져 있는 독자와 아직 그의 작품에 익숙하지 않은 독자에게 보내는 초대장이다. 이 책에는 셰익스피어의 방대한 희곡과 시 작품들에서 발췌된 명상적이고 내면적인 시에 있는 강력한 사랑의 호소, 그리고 청중들에게 말하는 극적인 대사들이 모여 있다. 나는 시적이고 자기 내면적인 구절들과 극적이며 외면적으로 드러나는 구절들을 분리해서 수록하지 않았다. 나는 사랑의 표현이 적어도 두 가지로 기능한다고 생각한다. 사랑의 표현들은 특정한 한 사람과 소통할 수 있는 기능을 하기도 하고, 또 한편으로는 우리가 홀로 우리 삶을 살아간다는 인식, 즉 유한성을 마주한다는 인식을 언어와 연결하는 기능을 한다. 또한 사랑의 표현은 시인들이 항상 알고 있었듯이 믿도록 만드는 것이다. 사실보다는 허구의 영역에 더 가깝다. 사랑을 하는 사람들은 상대방이 자신을 무조건 믿기를 바란다. 그들은 상대방이 자신에 대한 사랑을 끝없이 증명하고 고백하는 것을 요구하지 않고 절대적인 믿음으로 내가 하는 말을 무조건 믿어 주기를 바란다. 그리고 상대방이 나의 말을 믿고 다정하게 자신도 나를 사랑한다고 응대하면, 나 역시 상대방이 나에게 사랑을 증명해 주기를 기대하지 않고 순수한 신뢰를 가지고 기꺼이 믿을 것이다. 이와 같이, 사랑의 표현은 가장 강력한 말이 될 수 있다. 왜냐하면 우리는 상대방이 납득하려 하지 않고 오직 믿어 주기를 바라며, 무조건 진실이라고 믿음으로써 시간의 흐름 자체를 이겨 내고자 하기 때문이다.

이 작은 책이 독자들에게 소소한 응원이 될 수 있으면 좋겠다. 지금 이 세상에는 사랑에 관한 담론이 수없이 존재한다. 미움을 해소하는 사랑, 더 나은 정치를 위한 사랑, 구원으로서의 사랑, 억압에서 벗어나게 하는 사랑 등이 그것이다. 나는 사랑이 정치에 대항하는 힘이라고 하는 담론은 별로 납득하지 않는다. 하지만 나는 사랑을 표현하는 것이 모든 사람의 삶을 변화시키는 순간이 될 수 있다고 확신한다. 셰익스피어는 피혁을 가공하는 사람의 아들로 태어나, 평생 동안 배우, 극작가로 일했고, 앤 해서웨이와 불행한 결혼 생활을 했다. 하지만 그는 인간이 결점 있는 존재이자 언젠가는 죽을 운명이라는 사실 때문에 피할 수 없는 사랑의 한계를 극복한다. "그대여, 사랑은 기이한 면이 있어요. 하고자 하는 의지는 무한해도 좀처럼 실행하지 못하거든요. 욕망은 무한해도 행동은 노예처럼 구속되죠." 이 부분에서 트로일러스가 의지가 무한하다고 말한 의미는, 우리가 누군가를 너무나 사랑하면서도 자신의 넘쳐 오르는 감정에 따라 행동하지 못한다는 것이다. 그러나 셰익스피어는 사랑을 표현하는 자신의 힘과 그렇게 하고자 하는 우리의 소망이 인간으로서의 한계를 극복할 수 있다고 말한다. 사랑의 표현에는 변화시키는 힘이 있어서, 사랑의 고백을 받는 연인을 변화시키고, 더 나아가 고백을 하는 사람이 상대방과의 만남을 통해 자신을 극복하고 변화할 수 있도록 한다.

셰익스피어에 관한 자료들은 전문적이거나 일반적인 자료들을 포함하여 매우 방대하다. 이 자료들은 셰익스피어의 위대함을 강조하며, 동시에 언어가 우리의 상황을 묘사하는 데 필요할 뿐만 아니라 우리에게 도움을 주는 존재임을 명확히 보여 준다. 특히 이 책을 만드는 데 참고한 자료들은 다음과 같다.

Oscar Wilde, "The Portrait of Mr. W. H."(1889), in Ian Small (ed.), *The Complete Works of Oscar Wilde*, Vol. 8: *The Short Fiction* (New York and Oxford: Oxford University Press, 2018).
Joel Fineman, *Shakespeare's Perjur'd Eye: The Invention of Poetic Subjectivity in the Sonnets* (Berkeley: University of California Press, 1986).
Helen Vendler, *The Art of Shakespeare's Sonnets* (Cambridge: Harvard University Press, 1999).
Harold Bloom, *Shakespeare: The Invention of the Human* (New York: Riverhead Books, 1999).
Carol Gilligan, *The Birth of Pleasure* (New York: Vintage, 2002).
Marjorie Garber, *Shakespeare After All* (New York: Anchor Books, 2005).
Stephen Greenblatt, *Will in the World: How Shakespeare Became Shakespeare* (New York: W. H. Norton, 2016).
Jane Kingsley-Smith, *The Afterlife of Shakespeare's Sonnets* (Cambridge: Cambridge University Press, 2019).

위의 자료 이외에도, 에밀리 선Emily Sun과 이얄 페레츠Eyal Peretz와 나눈 셰익스피어에 관한 대화, 짐 칼더Jim Calder와 마크 윙-데이비Mark Wing-Davey와의 연기 기술에 관한 대화를 통해서 도움을 받았다.

윌리엄 셰익스피어

윌리엄 셰익스피어는 1564년 런던에서 100마일 떨어진 스트랫퍼드어폰에이번에서 태어났으며, 그곳에서 같은 해 4월 26일 세례를 받았다. 그의 아버지는 피혁 가공 사업을 하면서 부동산 투기를 했고, 여러 지방자치단체의 직책을 맡았으나, 1580년대 후반에 상당한 빚을 지게 되었다. 윌리엄의 어머니 메리 아덴Mary Arden은 귀족 지주의 딸이었다. 윌리엄의 부모는 당시 영국 교회가 금지한 가톨릭 신자였고, 윌리엄은 8남매 중 셋째로, 형제 중 세 명은 어릴 때 사망했다. 공식 기록은 없지만, 윌리엄은 지역의 중등학교에 다니며 라틴어 문법, 수사학, 고전을 공부했다고 한다. 하지만 그는 아버지의 사업을 도우려 청소년기에 학업을 중단한 듯하다.

셰익스피어는 불과 열여덟 살 때 8살 연상의 앤 해서웨이(1556-1623)와 결혼했는데, 혼전 임신 때문이었던 것으로 추정된다. 임신 7개월 만인 1583년 5월에 첫딸 수잔나가 태어났다. 1585년 2월에 쌍둥이 햄넷과 주디스가 태어났고, 외아들이었던 햄넷은 11살에 죽었다. 이후 셰익스피어는 대부분의 시간을 런던에서 지내면서 저술과 연기 경력을 쌓았고 부인은 스트랫퍼드의 집에서 아이들을 키웠다. 공적인 증거는 없으나 그들의 결혼 생활은 행복하지 않았다고 한다. 말년에 셰익스피어는 부인과 함께 지내려 스트랫퍼드로 다시 이사했다. 그는 1616년 4월 23일에 사망했고 부인은 1623년까지 살았다.

셰익스피어는 1592년부터 런던에서 배우이자 극작가로 활동하였는데, 그 이전에 무엇을 했는지는 알려진 바가 거의 없다. 셰익스피어의 전기 작가들에 따르면, 그는 교사로 일했고, 유럽을 여행했으며, 유랑극단에서 배우로 일했고, 법학을 공부했다고 하는데, 확실한 정보는 아니다. 셰익스피어의 삶은 그가 쓴 작품에서 추정될 수 있을 뿐이다. 우리는 그 작품들 속에서 셰익스피어가 유럽의 정치 문제나 왕실의 업무 등에 관한 지식이 풍부했음을 알 수 있는데, 이러한 점들은 셰익스피어가 문맹이었던 부모 밑에서 제대로 학교를 마치지 못했음을 감안하면 의아한 일이다. 그래서 일부 비평가들은 '윌리엄 셰익스피어'라는 이름 자체가 다른 극작가들이 사용했던 가명이었다고 하지만, 이마저도 확인되지 않았다.

셰익스피어는 대부분의 작품을 1589년에서 1613년 사이에 쓰고 난 후에 스트랫퍼드로 은퇴하였다. 그의 초기 희곡은 대부분 희극과 역사극이었으며, 이 작품들은 단연 최고의 문학 작품이라 평가된다. 그는 여러 극단과 협업한 것으로 보이는데, 이 극단들은 기존에 있던 작품을 대중적으로 재해석하여 새롭게 각색한 작품으로 관객을 유치해야 한다는 강한 압박 속에서 일했다. 1594년에 셰익스피어는 'Lord Chamberlain's Men'이라는 극단에서 연기를 시작했다(이 극단은 영국의 왕 제임스 1세가 후원한 'King's Men'이라는 극단의 전신이다). 셰익스피어는 이 극단의 극작가가 되어 1599년에 다른 단원들과 함께 '글로브 극장'을 설립했으며, 글로브 극장은 현재도 런던에서 운영되고 있다.

셰익스피어는 1592년 이전 또는 그 무렵에 첫 희곡들을 썼다고 한다. 이 희곡들에는 비극, 희극, 역사극이 있으며, 셰익스피어는 이 세 가지 장르 속에서 등장인물과 언어를 생생하게 창조해 내었다. 그는 1590년대 중반부터 1612년까지 『로미오와 줄리엣』, 『한여름 밤의 꿈』, 『햄릿』, 『리어왕』, 『맥베스』, 『템페스트』 등 오늘날 가장 잘 알려진 37편 이상의 희곡을 썼다. 그리고 1612년경에 은퇴한 것으로 추정된다.

셰익스피어는 연극에 출연하고 작품을 쓰는 일 이외에도 서사시를 발표하였는데, 1593년에는 페스트 유행으로 런던의 극장이 폐쇄된 동안에 에로틱하고 너무나 신선한 『비너스와 아도니스』를 썼다. 이 작품과 『루크리스의 겁탈』이 그의 생전에 출판된 것으로 보아 셰익스피어는 극작가만큼이나 시인으로서도 유명했던 것으로 보인다. 셰익스피어의 154편의 소네트 모음집은 1609년에 초판본이 나왔는데, 무단으로 출판된 것으로 보인다. 소네트 모음집의 작품들은 두 종류로 나뉜다. 한 종류는 정체가 밝혀지지 않은 특출난 미모의 소유자 "아름다운 젊은이"에게 바쳐진 126편이며, 또 한 종류는 많은 학자와 전기 작가들도 밝히지 못한 "검은 여인"이라는 여성에게 바쳐진 35편이다. 오늘날 이 시들은 소네트뿐만 아니라 애정시의 전형을 보이는 작품들로 간주되며, 세계 각국의 위대한 시인들이 자국의 언어와 문화 배경에 맞추어 수많은 언어로 번역하였다.

셰익스피어의 사망 원인에 대해서는 알려진 바가 없다. 그는 대부분의 재산을 딸 수잔나에게 남겼고, 아내 앤 해서웨이에게는 자신의 “두 번째로 좋은 침대second-best bed”를 물려준 것으로 유명하다. 스트랫퍼드 교회 안에 있는 그의 묘비에는 다음과 같은 비문이 새겨져 있는데, 이 비문은 도굴꾼을 경계하기 위해 그가 직접 쓴 것이라 한다. 그는 이 비문에서, “무덤의 돌 하나 건드리지 않는 자에게 축복이, 내 뼈를 옮기려는 자에게 저주가 있으리라”라고 했다.

울리히 베어

하버드대학교에서 학사학위를, 예일대학교에서 박사학위를 받았다. 뉴욕대학교에서 교수로 재직하면서 문학과 사진학을 강의하고 있다. '구겐하임, 게티, 그리고 알렉산더 폰 훔볼트 펠로십'을 받았다. 시 연구의 권위자이자 번역가로, 라이너 마리아 릴케의 *The Dark Interval: Rilke's Letters on Grief, Loss and Transformation*을 번역하였다. 다른 책으로 *Spectral Evidence: The Photography of Trauma*, *What Snowflakes Get Right: Free Speech, Truth, and Equality in the University* 및 *Dickinson on Love*와 *Rilke on Love* 등이 있다. 뉴욕에 거주한다.

최성희

고려대학교 영어교육학과를 졸업하고 동 대학원 영문학과에서 고전 영문학으로 석사학위와 박사학위를 받았다. 그 후 영국의 버밍엄대학교 대학원에서 번역학 석사학위를 받았다. 고려대학교 국제어학원 초빙 전임교수, 영미문화연구소 연구교수를 역임하고 고려대학교와 고려대학교-호주 맥쿼리대학교 통번역 대학원에서 번역학 관련 강의를 맡고 있으며, 서울시와 문화관광부 영어 표기법 자문위원, 한국 번역학회 이사로 활동하고 있다. 저서로 『AI 시대의 번역: 이론과 실제』, 『(동아시아의 일본어 문학과) 문화의 번역, 번역의 문화』(공저)가 있으며, 번역서로는 『니체, 사랑에 대하여』, 『일본 철학사상 자료집』(공역), 『그들의 눈은 신을 보고 있었다』가 있다. 연구 논문으로는 「《실낙원》의 남북한 번역 양상 연구: 사탄의 재현을 중심으로」, 「일제 강점기 아일랜드 번역극의 탈식민성: 《월출》과 《옥문》을 중심으로」, 「번안 소설에 나타난 여성의 재현: 《정부원》의 페미니스트 번역 양상 연구」 등 다수가 있다.